前世の記憶が役立つとは思えません！

～事件と溺愛は謹んでご辞退申し上げます～

幸智ボウロ

JN230511

B's-LOG BUNKO
ビーズログ文庫

イラスト／れんた

CONTENTS

登場人物紹介
バルディ・ファイユーム
公爵家次男で
第五騎士団に所属する騎士。
アリシャが「普通」の令嬢ではないと
いち早く目を付ける。
アリシャ・ヒルヘイス
子爵令嬢。前世の記憶を持つが、
その知識はサスペンスドラマを
よく見ていた程度の
ものだった……はずが!?
前世の記憶が役立つとは思えません!
～事件と溺愛は謹んでご辞退申し上げます～

シアン・ジフロフ

子爵家当主。
幅広く織物業を展開し、
王都にも店を出している。

タニア・ジフロフ

子爵夫人。
甥を養子にして
可愛がっている。

エメリー・リヒーヤ

男爵令嬢だが、
市井で小物店を開く。
アリシャの友人。

ヴァイオレット・ラウフィーク

侯爵令嬢。
バルディに
惚れこんでいる。

ルディス・ファイユーム

公爵家長男。バルディの兄。
王宮に勤めるエリートで腹黒策士。

第五騎士団メンバー

オーレリアス・マンフォード

バルディの同僚で
通称：クール眼鏡騎士。

ヴィンス・ウェイド

バルディの同僚で
通称：ワンコ系騎士。

マークス・ネイビー

副団長。熊のような大柄な体格で
空気を読まない豪快な性格。

鬼灯色の浮気男

春うららかな日差しの中開催《かいさい》されたイリス・フィーター侯爵令嬢《こうしゃくれいじょう》の婚約披露《こんやくひろう》パーティー。

十六歳の侯爵令嬢と三歳年上のアルク・クルハーン伯爵令息《はくしゃくれいそく》は、美少女、美青年のお似合いのカップルでとても幸せそうに見えた。

なのに……、まさかこんなことになるなんて。

クルハーン伯爵令息にナイフを喉元《のどもと》に突《つ》きつけられながら、私の脳内にはこれまでのことが走馬灯のように駆《か》け巡《めぐ》っていた。

私、アリシャ・ヒルへイスには前世の記憶《きおく》がある。

きっかけはよくあると言えばよくあることで、ある日突然《とつぜん》、前世の記憶が蘇《よみがえ》ったのだ。

当時六歳の私は、トテトテ走る可愛《かわい》らしい四歳の弟ネイトと一緒《いっしょ》に野原を駆け回り、勢いのまま派手に転んで頭を強く打った。

一昼夜意識が戻《もど》らず、意識が戻った後もひどい頭痛がおさまらない。

うぅ……、知らない記憶が一気に増えて頭の中で渦《うず》を巻いている。

「アリシャ、大丈夫《だいじょうぶ》かい？」

お父様の心配そうな声。

「お医者様は打撲《だぼく》だけだとおっしゃっていたのに……、こんなに苦しんで、可哀相《かわいそう》に」

お母様の泣きそうな声。お医者様を呼び戻そうか、それとも薬や治療法《ちりょうほう》を探したほうが良《い》いだろうか……と話している。

ううん、私は大丈夫。心配しないで、病気の時は……、病気の時は……、これ！

「コンビニスイーツ……、食べたいぃぃ……」

クリームたっぷりのロールケーキ、とろけるプリン、カスタードが詰《つ》まったシュークリーム。ふかっとしたどら焼きも好きだけど、今は冷たくてとろけるものがほしいですぅ。

「くまのアイス……、練乳味……、わらびもちぃ……」

「アリシャ……、それは、なんだい？」

それは、夢のように美味《おい》しい食べ物の数々。前世の私はコンビニスイーツを買い込んで、家族とともにわいわいとツッコミを入れながらテレビを見るのが好きだった。うちにはゲーム機を買ってもらう余裕《よゆう》も、家族旅行を楽しむ時間もなかったから。

シャッキリしていた祖母とツッコミが得意な妹、それから……、中学生の時に事故で亡《な》くなった優《やさ》しいお父さん。お母さんが懸命《けんめい》に働いてくれたから生活に困るほど貧乏《びんぼう》ではなかったけど、お母さんを置いて遊びには行きたくない。

私も妹も「家《うち》でお菓子《かし》を食べながらテレビを見てるほうが好きだから」と言っているうちに、本当にそれが趣味《しゅみ》になっていた。

大人になったらお母さんに楽をさせてあげられると思っていたけど……。社会人になった後の記憶が二、三年で途切《とぎ》れている。

「お父さん……、お母さん……」

「ここにいるよ、アリシャ」

「私達の可愛い子。側にいるから眠《ねむ》りなさい」

お父さんとお母さんがいる……、声が聞こえる。

「良かった……、この世界には、いるんだ……」

本当に良かった。

ホッとして眠ったものの、目覚めれば頭痛が続き、夢うつつの中で誰《だれ》かと何かを話していた。前世の記憶が蘇ったのだから、この世界を作ったという女神様《めがみさま》かもしれない。が、あいにくよく覚えていなかった。とにかく、頭が痛くて痛くて……。

四日、五日と過ぎた頃《ころ》、やっと頭痛も治まってきて弟のネイトとも会えた。

「ねーたんっ！」

お母様に連れられてきたネイトは私を見るなり駆け寄ってきた。

「ネイト、心配かけてごめんね。お姉ちゃん、もう大丈夫だから」

よしよしと頭を撫《な》でているところにおやつが運ばれてきた。この世界では初めて見る……、プリンアラモード！　ネイトも目をキラキラとさせている。

「わぁ、今日のおやつ、すごい！　美味しそう」

ベッド用の小さなテーブルが運ばれてきて、そこでネイトと一緒に食べる。

今までもプリンは食べていた。だけど今回はいつものプリンの周りにクリームとフルーツが盛られている。

「あぁ、これ、これ、懐《なつ》かし……」

言いかけて、気がつく。懐かしいって変……だよね？　だって、初めて食べるデザートなのに。ギリギリで気づいた私、偉《えら》い、セーフセーフ。

急に前世の記憶が蘇ったなんて言ったら、両親に頭のおかしい子だと思われちゃう。妄想癖《もうそうへき》があると言われる程度ならまだしも、悪魔《あくま》憑《つ》きや終末思想だと思われたら家を追い出されかねない。

私が生まれた家はラトレス王国のヒルヘイス子爵家《ししゃくけ》。領主ではあるが広がる田園風景と町の発展具合で、そこまで大きな所領ではないとわかる。
子爵であるお父様は温厚《おんこう》で優しく、お母様はちょっぴり厳しいけどいつもにこにこと笑って抱《だ》きしめてくれる。
両親の仲は良好。二歳年下のネイトも可愛い。領地経営はお父様の弟、叔父《おじ》さん家族も
手伝ってくれていて祖父母も健在。年に何度か集まって和気あいあいと食事会をしている。
田舎《いなか》のほのぼの領主一家の一員となったことになんの不満もない。
のどかな今の生活を死守するためにも、前世の記憶があることは内緒《ないしょ》にして、まずはこ
の世界の情報を集めなくちゃ……なんて思っていたら。

両親には秒でバレた。
寝込《ねこ》んでいる間に「コンビニスイーツが食べたい」とつぶやき、それは何かと聞かれて
前世のことを洗いざらい答えていた……らしい。私は夢うつつで覚えていないが、そうか、
だからプリンアラモードがおやつに出てきたのね。

体調が戻ってからも、無自覚に独り言を言っていたようで……。
蒸《ふ》かして塩を振《ふ》ったジャガイモを見ながら「揚《あ》げたらフライドポテト」、豚肉《ぶたにく》を見ては
「生姜焼《しょうがや》き食べたい……醤油《しょうゆ》があれば……」などなど、この世界にはない食べ物や料理の
名前をつぶやいては「日本食はないのかしら……」とぶつぶつ。
他にも両親が領民から持ち込まれた問題を話し合っている横で。

「浮気《うわき》する旦那《だんな》って、最低。隠《かく》し子《ご》がいたら争いの火種だよ」

「嵐《あらし》の中、橋が落ちて陸の孤島《ことう》ができたなんて、サスペンスドラマのオープニングじゃん」

「商会同士の諍《いさか》いで誰が一番得をするのかってことよ」

「収穫物《しゅうかくぶつ》の盗難《とうなん》かぁ。刑事《けいじ》ものなら第一発見者が怪《あや》しいから、届けに来た人が犯人？」

など、前世でサスペンスドラマをよく見ていた影響《えいきょう》か、六歳児《ろくさいじ》が発するとは思えない発言も多々してしまっていたらしい。

今思えば、両親に「ん？」「何？」と、時々、聞かれてはいた。前世の感覚で言う、テレビに話しかける人状態だったからあまりに無意識で、その時は深く考えず「なんでもない」と答え、両親も深く突っ込んで聞いてはこなかったけど……。

しっかりとその様子を観察されていたようだ。

私の両親、すごい！　そして気をつけているつもりでめちゃくちゃ前世の感覚でしゃべってた私の迂闊《うかつ》さよ……。

お父様の執務室《しつむしつ》にお母様と一緒に呼ばれて、私を真ん中に三人並んで座る。これは何か大切な話かと身構えているとお父様に「前世の記憶」について切り出された。

「アリシャは父さん達にもわからない言葉をたくさん言っていたからね。実は、この世界には、前世の記憶持ちが稀《まれ》に現れる……という伝承がある。それでピンと来たんだ。アリシャにもこの世界とは別の記憶があるのではないか？」

答えに窮《きゅう》し、隣《となり》に座っているお母様を見上げると、笑って頷《うなず》いてくれた。

「大丈夫よ。アリシャはアリシャだもの」

「そうだぞ。だからアリシャに危険が及《およ》ばないようにしておきたい。他国のことはわからないが、この国では手厚く保護してもらえるからね」

両親の言葉は衝撃的《しょうげきてき》なものだった。

なんと、他にも前世の記憶を持つ人がいる世界だったとは！

そういった人々は、前世の知識を生かして国を治めたり、法律を作ったり、インフラ整備をしたりするのだとか。

ちなみにラトレス王国では、前世の記憶持ちと判明したら届け出が必要なのだそうだ。

まさかそんな制度まであるとは……「珍獣扱《ちんじゅうあつか》いかよ！」と突っ込みたいのをグッと堪《こら》えて頷いた。仕方ない……。国や制度はともかくとして、両親はきっと私を守ってくれる。今だってとても優しく穏《おだ》やかな目をしているもの。

「制度って……、どこかに届ける場所があるの？　私、どこかに行かなくちゃいけないの？」

お母様が「どこにもやらないわ」と抱きしめてくれる。お父様も頷いて。

「王都には歴史について勉強している人達がいるんだ」

国営の歴史文書資料館に、前世の記憶持ち研究の専門窓口があるらしい。喧伝《けんでん》しているわけではないが、貴族ならば基礎《きそ》知識とのこと。

「アリシャが持つ前世の記憶は、アリシャが思っている以上にすごい可能性を秘めているかもしれない。国にとって大事なものだと判断されれば爵位《しゃくい》が授《さず》けられ……、父さんのように土地や屋敷《やしき》をもらって、強い人達に守ってもらえるんだ」

「王都の貴族学園では必ず前世の記憶持ちについて教わるの。お母さんが授業を受けていた時はそんな人、何年も現れていないって聞いていたのに」

「まさか自分の娘《むすめ》がそうだとはなぁ……」

「ナイショはダメなの？」

両親の言葉に、疑問に思って聞いてみた。だって国に届けるとか絶対面倒《めんどう》そうだもの。

「残念ながら、ちょっと難しいかな。前世の記憶持ちは希少価値を持つからこそ、危険な目にも遭《あ》う。だからアリシャの道は四つ」

まず記憶が有益と判断された場合。爵位、財産、安全を与《あた》えられて国のために働くことになる。

次に、届け出たものの有益な記憶がないと判断されると、国で保護してもらうか、そのままの生活を送るか、本人の希望で選べる。

保護を願い出た場合、衣食住等環境《かんきょう》の全面バックアップに安全面も配慮《はいりょ》される。就職や婚姻《こんいん》でも希望に添《そ》うよう国が積極的に助けてくれる。

保護を断った場合、もちろん今まで通りの生活を送れるが、それでも警備体制が整っている王都での生活が推奨《すいしょう》される。

「過去には大規模詐欺《さぎ》事件……たくさんの人を騙《だま》してお金を集めたとか、自分は神の生まれ変わりだと嘘《うそ》をついて信者を騙したとか、悪いことをした人もいるんだ。逆に誘拐《ゆうかい》されて、金儲《かねもう》けの道具にされてしまった哀《かな》しい事件もある」

なるほど。だから国としては保護し、ある程度、その存在を把握《はあく》しておきたいのね。

「でも記憶とは関係なく悪い人はいるよ？」

「そうだね。もちろん記憶があったとしてもなかったとしても、悪いことはしちゃいけない」

お父様曰《いわ》く、前世の記憶は女神様からのギフトとも呼ばれるもののため、それを使って悪いことをするなんて、女神様がいると信じられているこの世界ではより許されない行為《こうい》なのだそう。

「安全面や外敵を考えると、王都で定期的に様子を見られる環境のほうがいいってことなんだろうね」

「えぇ～、それって体《てい》のいい、ただの監視《かんし》ってやつでは……」

ポロリと、心の声が漏《も》れ出《で》てしまう。

「ん？　何か言ったかい、アリシャ？」

「い、いえ！　なんでもありませんわ、お父様」

危ない危ない。気が緩《ゆる》むとつい余計な一言が口をついて出てしまう。

「記憶なんて曖昧《あいまい》なものだし、特に有益な情報を披露《ひろう》できないとなれば、徐々《じょじょ》に規制も緩くなるそうよ。アリシャの希望を優先してくれるはずだから、ちゃんと報告して相談をしてみましょうね」

報告及び相談をしないとどうなるのか？

これが四つ目の道、前世の記憶持ちであることを隠した場合だ。

隠し切れば問題はない。静かにこの国の民《たみ》として暮らし、一生を終えるだけ。しかし、故意に隠してそれが発覚してしまうと、強制召集《しょうしゅう》されて国営の施設《しせつ》に収容される。

「故意に隠していたわけだから、徹底的《てっていてき》に調べられるし自由も制限される。身の潔白が証明されても、隠していたことで信用を失《な》くす。前例がほとんどないためはっきりとしたことは言えないが……、アリシャの場合は女の子だから修道院暮らしになるかもしれないな」

さらに罪を犯《おか》せば一生、牢屋《ろうや》。

「平民なら、そんな教育は受けていない、知らなかった……で通せる場合もあるが、貴族だと難しい」

　前世の記憶持ちについて、貴族は必ず学ぶことになっているからだ。ラトレス王国が建国された七百年前、知識で王を支えた宰相《さいしょう》が、実は前世の記憶持ちだったということで、今の制度が作られたのだとか。

「う～ん、面倒なことは嫌《いや》だけど、状況《じょうきょう》はわかった。届け出てもお父様達とは一緒に暮らせるんだよね？」

　お父様が「もちろん」と頭を撫でてくれる。

「王都に移住する時は父さん達も一緒に行くから」

「アリシャはまだ六歳だもの。私達と離《はな》れて暮らすことにはならないわ」

　そうだといいな。子爵領から王都までは馬車で一週間ほどの距離《きょり》がある。この世界の主な移動手段は馬で、連絡《れんらく》方法は手紙。離れてしまえば簡単には会えなくなる。

　前世の記憶があると言っても、私にとってそれはもはや「読んだ本」みたいな感覚で、そこに伴《ともな》う感情はない。今の家族と一緒に平穏《へいおん》無事に暮らしたい。

　お父様は早速《さっそく》、歴史文書資料館宛《あて》に手紙を出し、一カ月もしないうちに調査官が三人もやって来た。

　私が思い出した前世の記憶はごく普通《ふつう》の庶民《しょみん》の暮らし。日本という国で小中学校に通い、高校からは女子校だった。短大へ進み、卒業してすぐに中小企業《きぎょう》に就職。事務職でパソコンに何かを入力していた。

家族仲は良かったはずだが、今はもう顔や名前を思い出せない。テレビを前にした家族団らんの記憶はあるし、ドラマやアニメを好んで見ていた記憶もあるが、所々が抜《ぬ》け落《お》ちている。

いろいろと話した結果、特に有益な情報はなしと判断された。

当然といえば当然だ。ごく普通の一般《いっぱん》家庭で適当に生きてきた事務員に、異世界で花開く知識なんかない。

「アリシャ嬢《じょう》の記憶には国家機密に相当するようなものはなさそうです。非常に素直《すなお》で真っすぐな性格ですし、しばらくは領地での生活で問題ないでしょう」

ただ、数年のうちに家族揃《そろ》って王都への移住をすすめられた。歴史文書資料館との連携《れんけい》や治安を考えると、王都のほうが保護しやすいとのこと。

「王都での屋敷、仕事も用意しますし、お子さん達に家庭教師の手配もします。もちろん護衛も。十五歳になりましたらラトレス国立貴族学園へ入学してください。弟さんの入学に関しても我々が援助《えんじょ》しますので、そこでしっかりと学んでください」

最終的に卒業までになんの問題も起きなければ子爵領に戻れる……らしい。

調査官の皆《みな》さんがやたらとウッキウキに今後の予定を決めていく。まるで遠足前の子どものようで、私はちょっと呆《あき》れた声を出してしまう。

「おじさん達、すごく楽しそうだね」

「我が国では二十年ぶりに現れた転生者ですからね。アリシャ嬢に負担がないよう、我々も協力します。代わりに時々、私達と前世のお話をしてくださいね」

「本当にお話だけで、いいの？」

「はい。我々からすれば異国の日常生活は新しい発見の連続ですから」

ちなみにごく稀に、自身が前世の記憶持ちだと嘘をついたり、そう思い込む人もいるとのこと。むしろそっちのほうが多いらしい。

「そういった方々は何回かに分けて面談するうちにボロが出てくるので、まぁ、悪質な場合は何日か重罪人用の牢屋に入ってもらったりしますね」

調査官の人達にカラカラと笑いながら言われたが、たぶんその牢屋って……、石造りで狭《せま》くて汚《きたな》くて地下にあったりするよね？

そんな場所、一日だって入りたくない。黙《だま》っていればバレないのでは？　とちょっとだけ思っていたが、非協力的な態度は良くないと思えてきた。

いや、待って。ということは、私も牢屋行きだった可能性があるのでは？

「私のことも偽者《にせもの》だって疑っていたの？」

調査官の人達が一瞬《いっしゅん》顔を見合わせて、笑った。

「まさか。子爵のお手紙を読んだ時から本物だと確信していましたよ」

「ええ、ええ、手紙に書かれていた、聞いたこともないお菓子の数々。前世の記憶があると思われる理由として呪文《じゅもん》のような食べ物の名前しか並んでいないとは……、予想外すぎて何度も読み返しましたよ」

「このまま食べ物の話しか聞けないのでは……と少し心配をしておりましたが、他の記憶もあって良かった」

「お話をさせてもらい、間違《まちが》いなく本物だと確信しました」

三人でうんうん頷きながら、とどめに「素直なのか、迂闊なのか、聞いていないことまでポロポロ話してしまいますからねぇ」と一言。うん、おじさん達、褒《ほ》めてないよね？

最後に世の中には悪い人もいるのだから、おやつをもらっても知らない人についていかないようにと注意された。そうですね……、それはもう両親にも言われました。

珍獣扱いも嫌だけど、誘拐されて他国に売り飛ばされるのはもっと嫌だ。

前世日本人の記憶からしても、平均、平凡《へいぼん》、平穏が良いと脳内で言っている。

そう、前世の記憶など何の役に立つわけでもない！　私はこの世界で、ごくごく普通に生きていくのだ！

こうして面談の四年後、私は家族とともに王都へと移り住むことになった。

あまり乗り気ではなかったが、子爵領よりも都会でお店が多く、植物園や美術館もある。

長い人生のうち、数年くらいはこういう暮らしもいいかも……と私は新しい環境にすぐに馴染《なじ》んで、都会暮らしをほくほく顔で満喫《まんきつ》するのだった。

前世の記憶が蘇ってから十年。六歳だった私は十六歳になっていた。

現在はラトレス国立貴族学園の一年生。昨年の十月に入学し、五カ月余りが経過している。

一年生は男女が別のクラスで、女子は礼儀作法《れいぎさほう》を習い、立ち居ふるまいやドレスのコーディネート、ダンスレッスンなどが主。二年目以降は共学となり外国語や帳簿《ちょうぼ》のつけ方など、領地、商会の経営に関する授業となる。ごく一般的な貴族女性には必要のない授業だ。そのためおのずと一年で退学する女生徒が多くなる。

その前に仲良くなったクラスメイト達と何か想《おも》い出《で》を作れたら良いのだけど、残念ながらこの学園には遠足もなければ修学旅行もない。カフェに行くのにも護衛が必要だ。

貴族の交友関係難しいな……と思っていたら、イリス・フィーター侯爵令嬢がクラスメイト全員を自身の婚約披露パーティーに招待してくれることになった。

「わ、私達もですか？」

ある男爵家《だんしゃくけ》のご令嬢が思わず……と言った感じで問えば、イリス様はにこやかに頷いた。

「気楽に参加していただけるガーデンパーティーにする予定なの」

　現在、学園に通学中の王族、公爵家《こうしゃくけ》のご令嬢はいない。侯爵令嬢であるイリス様が最も高位な女性だ。

　雲の上の存在ではあるがご本人はとても優しく寛容《かんよう》で、しかもため息が出るほどの美人。プラチナブロンドのさらさらな髪《かみ》に新緑を思わせる瞳《ひとみ》の色で白百合《しらゆり》の姫《ひめ》と呼ばれている。そう呼びたくなる気持ち、わかる。

　さらに成績も優秀《ゆうしゅう》で、フィーター侯爵家にイリス様しか子どもがいないこともあり、婿《むこ》をとって女侯爵となることが決まっていた。

「アルク・クルハーン伯爵令息と婚約《こんやく》したのは三年前だけど、改めてお披露目会《ひろめかい》をすることになったの。王都にいる主だった貴族の皆様《みなさま》を招待するけれど、気兼《きが》ねなくいらして」

　ガーデンパーティーならばお茶会用の動きやすいデイドレスで参加できる。屋外だからショートブーツに可愛らしい帽子《ぼうし》もありだ。もちろん着飾《きかざ》った人達のほうが多いだろうが、デビュタント前の私達はそこまで頑張《がんば》らなくても大丈夫そう。

「イリス様のお心遣《こころづか》いに感謝いたしますわ」

「まぁ、アリシャ様、気になさらないで。ガーデンパーティーには貴族だけでなく教会関係者や商人も招待しておりますのよ。皆さんが参加してくだされればとても華《はな》やかなパーティーになると思うわ」

未婚《みこん》の貴族女性が十四人。どなたかと縁付《えんづ》くご令嬢もいるかもしれない。もしかしたら私も素敵《すてき》な紳士《しんし》に見初《みそ》められて……、は、ないない。

ドラマティックな出会いなんて物語の中にしかないと、私はよく知っている。テレビ、小説、漫画《まんが》……、全部、作り物。でも、それでいい。実際にドラマティックな出会いやら展開やらって、ものすごく疲《つか》れると思うの。

身分差の恋《こい》は障害が多く、イケメンとの恋もライバルが多そう。なんとか結婚《けっこん》しても安心できない。結婚してから何かあるほうが簡単に別れられない分、悲惨《ひさん》だ。

そういった面倒を跳《は》ねのけられるのは主人公属性だけ。スーパーミラクルな女の子……、うん、私には無理。

想像だけで疲れてしまうもの、やっぱりお相手はごく普通の殿方《とのがた》がいい。性格が穏やかで善人であること。あとは話が合えば家格や見た目は重視していない。

前世での初恋《はつこい》の人は二時間ドラマに出てきたフリーライター。優しくてかっこよくて、冒頭《ぼうとう》、犯人に間違われて困っている姿が可愛かった。ちょっと頼《たよ》りない感じなのに最後は事件を颯爽《さっそう》と解決していく。

小学生の時に「フリーライターと結婚したい」と言ったら、友達に「将来性がなさそう」って言われたけど。

私も高校生の時にはフリーランスは生活が不安定かも、ならば探偵《たんてい》……、いやここは公務員である警察官が手堅《てがた》いのではと思い直した。

さすがに近所の交番に「結婚相手、探しています」と飛び込む勇気はなく、いつか近くに素敵な人が赴任《ふにん》してくれれば……なんて思うだけでは何も生まれない。私の中に結婚生活の記憶はないから、前世は独身のまま終わったのだろう。

今世では両親を安心させるためにも結婚はしたいけど、侯爵家のパーティーに来ているような方々はちょっと高望みしすぎだと理解している。

ともかく、本来ならばハードルの高い侯爵家のパーティーだが、クラスメイト全員ならば参加がしやすい。

せっかくの機会なので、私もその日をとても楽しみにしていた。


そして、今。

私はアルク・クルハーン伯爵令息にナイフを突きつけられている。

どうしてこうなった？

いやいやいや、落ち着こう。まったく落ち着けないけどっ。

本日はイリス・フィーター侯爵令嬢の婚約披露パーティー。予定通りクラスメイトの皆様と参加して、幸せそうなお二人をお祝いした。

侯爵家の庭園はとても広く美しかった。春という季節もあり、花も満開、気候もさわやか。

そして美味しい食事とスイーツ。立ったまま食べられるようにと、サイズが小さめで手軽なものが用意されている。

社交の場だからと積極的に招待客の皆様とお話をしに行くクラスメイトもいたが、私の目的はただひとつ。

生ハムとチーズ、ローストビーフに一口ステーキ。お肉ばかり食べていてはバランスが悪いため野菜もいただきましょう。ローストされたナスやズッキーニが美味しい。

オムレツは目の前で作ってくれるので焼き立てをパクリ。絶妙《ぜつみょう》なトロトロ具合でございます。あぁ、幸せ。

ご飯も大事だが、私の本命はデザート。全種類制覇《せいは》をするためには計画的に食べなくては！　普段《ふだん》はあまり口にできない珍《めずら》しいフルーツも外せない。

酸味とあまみが絶妙なバランスのイチゴと、ジューシーなメロン。サクランボなんて味がよくわからないものだと思っていたけど、これはあまくて美味しい。

「お嬢様《じょうさま》はとても美味しそうに食べてくださいますね」

何度か往復したことでデザートの給仕係《きゅうじがかり》に顔を覚えられてしまった。

「本当に美味しいですわ。フルーツもすっごくあまくて驚《おどろ》きました」

「今日の日のために熟したものを集めました」

そう言いながら、給仕係が小さめのショートケーキの周りにフルーツを飾《かざ》り、ソースをくるりと回しかけてくれる。

「どうぞ、小さなレディ」

「まぁ……！」

こう見えても私、小さくないのですよ。背が低めで童顔ですが、貴方《あなた》のお嬢様、イリス様と同じ十六歳ですよ。しかも前世の記憶があるため、精神年齢《ねんれい》は約四十……、いいえ、私は十六歳。

うふふと笑ってお皿を受け取った。

しっかりと食べたいからコルセットを緩めにしてきた私、賢《かしこ》いわぁ。と、あれこれ食べて飲んでいたら、当然、トイレに行きたくなるわけで。

ちょっとお花を摘《つ》みに……と化粧室《けしょうしつ》まで案内してもらい、そこでまたビックリ。

化粧室とは思えない凝《こ》った内装で、手洗い場にはひとつひとつ異なる絵柄《えがら》の陶器《とうき》が使われていた。鏡も楕円形《だえんけい》の額縁《がくぶち》のような細工に囲まれていて、よく見ればドアと天井《てんじょう》にも装飾《そうしょく》が施《ほどこ》されている。

広さも十分で休憩《きゅうけい》のためのソファまであった。化粧直しのコーナーには貴族御用達《ごようたし》ブランドの化粧品がずらりと置かれている。ご自由にお使いくださいということ？

せっかくだからと人がいなくなるのを待ってゆっくりと見て回り、十分に堪能《たんのう》してから廊下《ろうか》に出た。

美しいトイレってなんだか清々《すがすが》しい気持ちになれるわぁ。

何故《なぜ》かはわからないけど。

とても満足していたところで、ハタと気がついた。案内役をしてくれた使用人がいない。広い廊下にポツンと一人、取り残されている。

少し待ってみたが、使用人どころかゲストも誰も来ないため、仕方なく一人で庭園に戻ることにした。

大丈夫、道は覚えている。角を三、四回曲がるだけだもの。広いお屋敷とはいえ迷路《めいろ》でもあるまいし——否、大豪邸《だいごうてい》は迷路だった。だってここ、豪邸というよりお城なのでは？　というくらい中庭や回廊《かいろう》がある。

途中《とちゅう》で「間違いなくこの道は通っていない」と思える廊下に出てしまい、引き返そうかどうしようかと迷う。しかし引き返すつもりでさらにどこかに迷い込《まよこ》んだら目も当てられない。すでに迷っているのだから、動かずに誰かが来るのを待つほうが賢明《けんめい》かしら？

誰か、誰でもいいから……と思ってキョロキョロしていると、人影《ひとかげ》が見えた。男性二人組だ。おぉ、救世主……と思ったのは一瞬だけ。

二人が近づいて来るにつれ、気が重くなった。

男性二人は若く背が高かった。遠目で見ても百八十センチは超《こ》えているのがわかる。そして顔が小さい。三次元では滅多《めった》にお目にかかれない九頭身。雰囲気《ふんいき》からして高貴な方でしかない……と察し、私は廊下の隅《すみ》に寄って頭を下げた。道を聞きたかったけれど、身分差を考えれば話しかけるのも憚《はばか》られる。

素通《すどお》りしてほしいような、助けてほしいような……、いえ、やはり高位貴族との関わりは平凡令嬢《へいぼんれいじょう》としては遠慮《えんりょ》したい。

黙って彼らが通り過ぎるのを待っていると、しっかり目の前で立ち止まられた。

うう……、素通りしてほしかった……という私の願いもむなしく、立ち止まった男性に声をかけられる。

「パーティーの参加者か。ここで何をしている？」

それ、不審者《ふしんしゃ》に対する職質ですよね？　否定できないため、私は頭を下げたまま正直に答えた。

「ヒルヘイス子爵家のアリシャと申します。フィーター侯爵令嬢とは同じ学園で学ばせていただいております。今は化粧室に向かった帰りで、どうやら戻る道を間違えたようです」

「なるほど」

「確かに迷いやすいかもしれないな」

格子状《こうしじょう》とまではいかないが、屋敷内は似た造りの廊下が交差していた。この造りを生かして身分差のある者が顔を合わせないように化粧室や休憩室も分けているとのこと。私は下位貴族の化粧室に行き、帰り道で高位貴族用の廊下に紛《まぎ》れ込《こ》んでしまったようだ。

「今日は多くの人が招待されているから、案内役が足りないのだろう」

「そういえば、オレ達も使用人を見ていませんね」

顔を上げても良いと言われたので、やっと顔を上げる。背が低い私の目線の先に顔はない。代わりにお高そうな服。ウエストコートの刺繍《ししゅう》がすごい。紺色《こんいろ》の生地《きじ》に同系色の青とグレーの糸で、目立たないけど草木柄《くさきがら》が刺繍されている。

もう一人の男性は緑がかった青色のウエストコート。ウエストコートの刺繍もその上に羽織ったコートも、お二人ともよく似ている。お揃いではなさそうだけど、同じ店で仕立てた衣装《いしょう》だろう。

このまま顔を見ないのと見上げて顔を見るのと、どちらがより失礼だろうか。悩《なや》むわぁ。

「どうしますか？」

と、目の前の紺色コートの男性が聞き、青緑コートの男性が「放置もできないだろう」と答えた。

「私達もゲストだが、場所はわかる。庭園近くまで案内しよう」

思いのほか親切な高位貴族の方達のようで、素直について行こうとしたら。

ガタンッと大きな物音の後、ドサッと何かが倒《たお》れる音がした。

どこから……？

近くの部屋の扉《とびら》が十センチくらい開いていた。さっと紺色コートの男性が青緑コートの男性と私に下がるように言い、自分は前に出た。

「何か……、人が倒れたような音ですね」

「どうかな」

「急病人の場合、時間が経《た》てば経つほど救命率が下がりますね」

無意識に漏らした私の一言に、「ん？」と二人が私を見下ろして、そこで初めてしっかりと顔を見た。

うん、雰囲気から察していたけど、お二人とも大変顔立ちが整っていらっしゃる。

紺色コートの男性は海外で活躍《かつやく》していそうな肉体派モデルのように均整のとれたスタイルをしている。黒に近い濃紺《のうこん》の髪色に黒い目で、きりりとした眉《まゆ》に涼《すず》しげな目元。通った鼻筋に薄《うす》めの唇《くちびる》。

さわやかさもあるのに眼光が鋭《するど》すぎてカタギの人に見えな……、いえ、荒事《あらごと》にも慣れた騎士《きし》の方ね。物音を聞いた時に青緑のコートの男性を守ろうとしていたもの。

青緑のコートの男性は体格が一回り小さい。と言っても華奢《きゃしゃ》なわけではない。十分に背が高く、映画俳優のように洗練された雰囲気がある。紺色コートの方に近い濃紺の髪に黒に近い目だが色が薄いようにも思える。そのせいか目元も口元も気持ち柔《やわ》らかな印象だ。

この二人、顔立ちが似ているような気もするが雰囲気はまるで違《ちが》う。

紺色コートの男性は大剣《だいけん》を担《かつ》いでドラゴンの首を切り落としそうな迫力《はくりょく》があり、青緑のコートの男性はじわじわと獲物《えもの》を追《お》い詰《つ》めるような隙《すき》のなさ。

二人とも意思の強そうな目元というか他人を圧倒《あっとう》するオーラというか……、平凡ど真ん中の私では側にいるのも憚られる美貌《びぼう》と存在感。

気持ち的にはズササーッと数十メートル下がりたいが、なんとか堪えた。

両親は「アリシャが一番可愛い」と言ってくれるが、緩く巻いたハニーブロンドと空色の瞳は貴族令嬢の標準装備。純日本人の記憶からすれば確かに可愛いかも……と思っていたが、貴族学園に通うようになってからは平々凡々《へいへいぼんぼん》なビジュアルだと自覚している。

貴族学園って美男美女しか通えないの？　と思うほど美しい方々が多く、私の場合は背の低さのせいもあり見事に周囲に埋没《まいぼつ》していた。

そんな私に比べて、こちらの美男子二人は色合いからして違う。貴族に多い金髪《きんぱつ》、碧眼《へきがん》ではなく、平民に多い茶系でもない。

濃紺の髪に黒っぽい瞳の色はかなり珍しい。

この色合いを持つ貴族男性といえば、おそらくファイユーム公爵家。濃《こ》い色を持つ家は他にもあるが、この組み合わせは公爵家特有だと聞いた覚えがある。

以前、「すっごく素敵なご兄弟なの！　雲の上……、そう、女神様が作られた芸術作品のようなお二人なのよ」と、大興奮でクラスメイトが教えてくれた。

確かお兄さんがルディス様二十二歳、弟さんがバルディ様二十歳。ルディス様は王宮で働いていて、バルディ様は騎士団に所属、と聞いたような。

個人的には筋肉ダルマな文官と細身の騎士のほうがギャップ萌《も》えだけど、騎士団所属というからには体格の良いほうが弟なのだろう。

推定公爵家兄弟の二人は顔を見合わせてため息をついた。

「確認《かくにん》をして何事もなければすぐに部屋を出ればいいだろう」

「ですね。彼女の言う通り、誰かが急病で倒れたのかもしれない。困っている人がいるのならば騎士として見過ごせません」

そう言って二人は観音開きの大きな扉をゆっくりと押し開いた。

そこは応接間のようだった。テーブルセットに大きな花瓶《かびん》。だが花は飾られていない。

視線を巡らせると、座り心地《ごこち》の良さそうな三人は座れる大きさのソファの奥――に倒れている女性の上半身が見えた。

病人ではない。

メイド服の白いエプロンが血に染まっている。この状況、私――知ってる。

「これ、ドラマでよく見たあの場面……」

偶然《ぐうぜん》通りかかって、事件現場に遭遇《そうぐう》しちゃうパターン。この場合の主役は当然、イケメン兄弟。とくれば、刑事ドラマのバディものが定石。

――そう考えれば圧の強いイケメン兄弟が急に頼《たの》もしく思えてきた。二人とも主役にふさわしいビジュアルでもある。

メイドさんは心配だし、いきなり始まった刑事ドラマのような展開も気になるし、捜査《そうさ》の邪魔《じゃま》にならないよう適切な距離……入り口付近で待機する。通行人Aとして、静かに待たせていただきましょう。決して野次馬根性《こんじょう》から残ったわけではございません。

男性二人は倒れているメイドさんの側に近づく。

「これは……、と、バルディ?」

あ、やっぱり彼らはファイユーム公爵家のご兄弟で正解だったようだ。しかも肉体派モデルがバルディ様で合ってたみたい。

そのバルディ様が、入り口付近に立つ私の側につかつかと歩み寄って来る。

目の前まで来ると、バルディ様が不思議そうに首を傾《かし》げた。

な、なんですか？　まさか、第一発見者が犯人説……をお考えで？

「わ、私は犯人ではありません。女神様に誓《ちか》えます」

「いや……、そうではなく」

じっと見つめられて、私には後ろ暗いことなどないのに慌《あわ》ててしまう。

「きょ、共犯者でもありません。フィーター侯爵家に来たのは、今日が初めてです。本当です。イリス様から招待状をいただいて……、クラスメイト達も証言してくれるはずです」

渾身《こんしん》の言い訳に、バルディ様が呆れたようにため息をついた。

「そんなことは言ってない。君が気絶するのではないかと思ったのだが……」

私が、気絶？

……するほどの動揺《どうよう》はない。だって倒れているメイドさんとは距離があるし、映画やドラマではよく見た光景だ。何より私一人で発見したわけでもない。

頼りになりそうなイケメンバディが捜査に乗り出している。これはもう解決したと言っても過言ではないでしょう。犯人が捕《つか》まるのも時間の問題。

あとはイケメンバディがいかにスマートにかっこよく事件を解決するか。

そこを観客として最後まで見届けたい！

なんてことを言えるはずもなく、少しだけ首を傾げて戸惑《とまど》ったふりをしておく。言われてみれば深窓のご令嬢にとって流血沙汰《ざた》は恐怖《きょうふ》の対象のはずだものね。

「ご心配には及びません。私のことはただの通行人Aとでも思っていただければ！」

「通行人A……？」

バルディ様に思い切り不審な顔をされてしまった。

「んんっ、ともかく、私のことはお気になさらずに、早く彼女の様子を」

先ほどからメイドさんはピクリともしないし、出血もかなりしているようだ。兄弟が彼女の様子を確認しているのをハラハラした気持ちで見守っていると、兄であろうルディス様が指示を出した。

「バルディ、フィーターー侯爵を呼んでくれ。それと……、警備責任者も」

医者を呼ばない、ということはそういうことなのだろう。メイドさんは事切れているようだ。

残念な結果になってしまった。可哀相に。侯爵家のメイドは下位貴族の娘が多い。つまり私とそう変わらない年頃《としごろ》、立場の女性かもしれない。

物音がしてから一、二分で部屋に入っているので、そのタイミングで害されたのなら即《そく》死《し》に近い。

おそらく他殺だ。ナイフを使っての自殺なら、胴体《どうたい》ではなく首を切るほうが簡単で、先ほどのバルディ様のリアクションと合わせて考えると血に不慣れな女性がナイフでの自死を選ぶとは考えにくい。

そして女性の腕力《わんりょく》で一撃《いちげき》で即死させるのも不可能に近い。仕事である程度の荷物は持つとしても、メイドさんの攻撃力《こうげきりょく》がそこまであるとは思えない。

「とすると、犯人はメイドさんと親しい男性……？」

応援《おうえん》を呼びに廊下に出ようとしていたバルディ様が、立ち止まって私を見た。なんかすっごく睨《にら》まれているのですが？

「今、親しい間柄《あいだがら》の男性が犯人だと言っていただろう。彼女は殺されたとでも言うのか？」

「…………⁉」

──また余計なことを言っちゃった？　両親にも調査官のおじさん達にもあれほど気をつけろと注意されたのに……。

待って、落ち着くのよ、私。まだ前世の記憶持ちだと知られるようなことは言っていないはず。ここは白を切り通すしかない！

「私は何も……申しておりません。ええ、たぶん、言っていないはずです」

「いいや、この耳でしかと聞いた。犯人は親しい男性だと。何故そう思った？」

うっ……。イケメンが顔面力で押してくる……勘弁《かんべん》してください……。バルディ様って目力も強いから、ちょっと怖《こわ》いです。

私はほとほと困りながら、仕方なく自分の考えを述べることにした。

「この部屋の花瓶には花が飾られていませんでした。ティーセットなども置かれていないため、使う予定のない部屋だったと思われます。彼女はこの部屋に呼び出され、殺されたのではないかと拝察しました」

「それで親しい間柄の男性だと何故わかる？」

「皆が忙《いそが》しく働いているパーティーの最中、使われていない部屋でこっそり会うなんて、恋仲《こいなか》の相手くらいでしょう。状況的に一撃で殺害できる力が女性にあるとは考えにくいため、犯人は男性の可能性が極《きわ》めて高いのではないでしょうか。物音が聞こえたタイミングからしても、犯人は被害者《ひがいしゃ》の近くにいて短時間で致命傷《ちめいしょう》を……」

あれあれあれ？　ってことは、犯人どこ行った？

逃《に》げ出《だ》す時間、なかったよね。

窓……は開いていない。植え込みが見えるから窓から逃げれば物音がしたはずだ。入り口は私達が入ってきた観音扉ひとつだけ。

しかも室内には人が隠れられそうな棚《たな》や机はない。だからこそ、入り口に立つ私にも倒れているメイドさんが見えたわけで。

ソファ、テーブル、花を飾るためのテーブル。あとは……。

「犯人、まだこの部屋にいるかも……？」

大きな観音開きの扉。

推理物の漫画や小説では、たいていこの扉の裏に隠れて、関係者全員が室内に入ってから何食わぬ顔で自分も最後尾《さいこうび》に交ざる……とか、あるあるだよね。

そんなドラマみたいな展開あるわけないか、と思いながらも私は扉の裏をひょいっと覗《のぞ》き込《こ》んでしまった。

バルディ様かルディス様かはわからないけど、「待てっ！」という声が聞こえた時にはもう遅《おそ》かった。

目が、合ってしまった。

鮮《あざ》やかなオレンジ色の髪を持つ彼……、今日の主役の一人であるはずのアルク様と！

「動くな！　動いたら、女を殺す！」

結果、私はアルク様に羽交《はが》い絞《じ》めにされてナイフを突きつけられ――冒頭に戻る、というわけだ。

目の前には血と思われる液体で濡《ぬ》れたナイフ。

バルディ様が目を丸くして、メイドさんの側にいたルディス様がやれやれ、と言いたげにため息をついた。いやいやいや、そのリアクションはおかしいですよね？

「君さ、そこにいるとわかっていて、何故、覗き込んだ？」

「まさか、本当にいるとは思わず……」

「君は、バカか」

うわっ、ルディス様、はっきり言いましたね、ひどい。本当のことだとしても少しは配慮してほしいです。

バルディ様が一歩前に出て、手を差し出した。

「アルク、その子を離せ。こんなことをしても意味がない。罪が重くなるだけだ」

「う、うるさいっ！　黙れ！」

アルク様は随分《ずいぶん》と興奮しているようだ。当たり前か。息が荒《あら》く、小刻みに震《ふる》えている。

クラスメイト達と共にご挨拶《あいさつ》した時は、明るいオレンジ色の髪色も相まって快活そうな素敵な方だと思ったのに……。

アルク様の興奮した様子から、どうしたものかと考える。うっかり刺《さ》されたくはないが、アルク様にがっちりと拘束《こうそく》されていて、私一人の力では脱出《だっしゅつ》するのも難しい。

幼い頃から野原を走り回っていたし、前世の記憶持ちとわかってからは護身術も習っているが、いざこんな場面に遭遇すると、迷うばかりで良い案が浮《う》かばない。ドラマの主人公みたいにかっこよく反撃技《はんげきわざ》を決められたら良いのだが、そこまでの度胸もない。あくまで私はモブ……、主人公の助けを待つ人質《ひとじち》Bでしかない。

よしんば拘束を逃《のが》れられたとしても、最悪、背後からザックリとやられてしまう。人質Bが頑張ったところで、結果は見えている。

突破口《とっぱこう》はないかと視線を巡らせれば、バチッとバルディ様と視線が合った。

彼は真っすぐ私を見ていた。そうして静かに頷く。

釣《つ》られて、私も小さく頷く。

なるほどわかりました。つまりは、タイミングを合わせて仕掛《しか》けるということですね！

私が自力で脱出すればあとはバルディ様がなんとかしてくれる。人質Bはヒーローの活躍を信じて従うのみ。

するとおあつらえ向きに、廊下から話し声が聞こえてきた。

「今日の主役だというのにアルクはどこに行ったんだ？」

「イリスお嬢様がいれば場は持ちますが……」

「まさか本当にあのメイドといるわけではないだろうな」

「さすがにそこまで愚《おろ》かではないと思いますよ」

「まったく、婿入《むこい》りする立場でメイドと浮気とは我が家も随分となめられたものだ」

いえ、そこまで節操のない愚か者だったようですよ。アルク様を呼び捨てている様子から見て、廊下にいるのはフィーター侯爵様のようだ。

会話に気を取られたのかアルク様の拘束が緩んだ。その隙をついて、私は「せーのっ！」っと声をあげ、アルク様のお腹《なか》に思い切り肘《ひじ》を打ちつけた。

思いのほか簡単に拘束が外れたので、反動で前のめりに転がる。

よし、脱出成功！

床《ゆか》に手をついて座ったまま振り返ると、その隙を逃すことなくバルディ様がアルク様を床に押さえつけていた。ふ～、やれやれ、人質Bとしていい仕事ができたわぁ。

さすが騎士様。かっこいい。主役はこうでなくちゃ。

……と感激している私に、バルディ様が叫《さけ》んだ。

「君は、死にたいのかっ！」

怒《おこ》られた。

「おとなしく待っていればいいものを……」

「いや、だって……、目で合図しましたよね？」

「してないっ！」

「隙をついて脱出しろ、あとは俺に任せろ、という意味だとばかり……」

「ご令嬢にそんな危険な指示を出す騎士がいるかっ。君を安心させるために頷いただけだ！」

ええ……、頷いただけで安心なんかできないと思いますけどぉ……。

安心できないといえば、アルク様。バルディ様に押さえつけられているというのに何やら喚《わめ》いている。

「私は悪くないっ、女に騙されたのだっ。あいつ、金がほしいって……、最初から金が目的だったんだ！　私はただ、あいつを黙らせたかっただけで……」

アルク様の騒《さわ》ぐ声が聞こえたのか、廊下で話していた侯爵様達が何事かと応接間に入って来た。

さらに騒ぎを聞きつけたのか、この場にイリス様までやってきてしまった。

拘束された婚約者、血を流して絶命しているメイド。まさに修羅場《しゅらば》——を一目見たイリス様は、案の定ふらりと倒れてしまい、侯爵様が慌てて介抱《かいほう》し、使用人を呼んだ。

気絶してしまった時は足を高くして寝かしたほうが良いのだけど、ここでそのアドバイスをする勇気はない。

わらわらと人が集まってくる中、アルク様は侯爵家の私兵によって連行されていく。まだ喚き散らしていて、異常な興奮状態だ。

そしてイリス様もたくさんの人達に囲まれて心配されながら退室した。

「あれが、普通の貴族令嬢の姿だ」

一部始終をぽかんと眺《なが》めていた私は、側にやってきたバルディ様にそう言われた。

イリス様は普通ではなくスペシャルハイスペックな貴族令嬢ですけど？　と言いたかったけれど、たぶん問題にしている点はそこではない。

「ソウデス、ネ？　ハイ、ワタシモソウ思イマス……」

棒読みになってしまったけど、否定はいたしません。確かに他の貴族令嬢ならばアルク様にナイフを突きつけられた時点で、絶叫《ぜっきょう》からの気絶コンボを決めていたことでしょう。

「もっとも、君に気絶されていたらもっと面倒だったとも思うが……」

「気絶してもダメ、気絶しないのもダメって、なんてワガママな……」

またもぶつくさとつぶやいてしまった。

「なんだと？」

ジロリと睨まれる。うぅ、目力が強いです。ポロリと余計なことを言う私も悪いとは思いますが、強すぎる目力も抑《おさ》えたほうがよろしいのではないでしょうか？

それこそ普通のご令嬢ならば、ひと睨みで気絶してしまいそうです。もっとも、気絶する理由は「怖い」と「かっこよすぎ」派に分かれそうですが……。

私ですか？　私はもちろん「一刻も早く離れたい」派です。

「何か言いたいことがあるならば、言えばいい。君の失言をいちいち咎《とが》めたりはしない」

えぇ……、咎めているように聞こえますけど？　黙っていても絡《から》まれ続けそうなので、仕方なく答える。

「あの……、か弱い女性に凄《すご》むのは騎士道に反しませんか？」

「君のどこにか弱さがあった。アルクは君の一撃で撃沈《げきちん》していたぞ」

「アルク様は鍛《きた》えてなさそうですものね。鎧《よろい》となる筋肉が足りなかったのでしょう」

「いいや、絶対に君の一撃が重すぎたんだ。角度といい、スピードといい、体重を乗せたいい攻撃だった。真面目に訓練に取り組んできたのだろう」

あれ、まさか褒められてる？

そこにルディス様がやってきて、「おまえ達、随分と気が合うようだな」などと言われて、バルディ様がちょっと考えるように私を見た。

見ないでください、私はモブです、ただの通行人Aです……とばかりに視線を逸《そ》らす。

「兄上、パーティーは中止ですか？」

「ああ。これでは続けられないだろう。私はフィーター侯爵と話をしてくる。バルディにはここを任せたい」

「わかりました。それと、こちらの令嬢ですが……」

私は無関係です、通行人Aです……と、目を逸らし続けていたのに。

「我々と同じ第一発見者だ。もうしばらく残ってもらおう」

「あぁ……、やっぱり……」

第一発見者が重要参考人……は、刑事ドラマのセオリーのひとつ。簡単には解放してくれないか。

仕方ない……とそっとため息をつくと。

「ほら、帰れないと聞いても落ち着いたものだ。普通は家に帰りたいと騒ぐか泣くか……」

バルディ様が言いかけて、ハッと何かに気づいたように私の顔を覗き込んだ。

なんですか、顔、顔が近いですっ。

「な、な、なんでございましょうか？」

「いや……、良かった。我慢《がまん》しているわけでも無理しているわけでもないようだな。ん？

だがちょっと顔が赤いか？」

それはバルディ様のお顔が近いせいです！　うぅ、美形、心臓に、悪い。

また余計なことを言いそうになったが、今度は堪えて「遠目で見るには眼福ですが、今後半径十メートル以内に入ってきませんように」と心の中で念じたのだった。


列席者に事件の一部始終を伝えるわけにもいかず、イリス様の婚約披露パーティーはアルク様の体調不良を理由に少し早めのお開きとなった。

私は事件の関係者として、侯爵邸《こうしゃくてい》で待機中である。

可愛らしい内装のティールームに案内してもらったけれど、考えてみれば生まれて初めて殺人現場に居合わせたのだ。さすがに今は食欲がない。目の前にある美味しそうなマドレーヌ……は諦《あきら》めて紅茶を飲んだが、紅茶も無理だった。

美味しくない……と感じるのは疲れのせいかしら。メイドさんに紅茶のおかわりをすすめられたが、断ってお菓子も下げてもらった。

一人になるとどうしても考えてしまう。血に染まったエプロン、突きつけられたナイフ、興奮して異常な雰囲気だったアルク様。

いくら前世の記憶があり、ドラマで似たような場面を見たことがあるとはいえ、本物の現場は全然違う。今になってようやく、「怖かった」と思えた。あの場ではアドレナリンでも出ていたのだろうか……。

それから、バルディ様に助けていただいたのにお礼を伝えていない。非常識な娘だと思われていないだろうか？　いや、その前の脱出劇ですでに非常識と思われていそうだけど、それは、それ。家に帰ってからお父様に頼んで公爵家宛にお礼状を出して……と。

とりとめもなく考え事をしていると、一時間ほどでバルディ様がやって来た。

「待たせたな。今日のところは帰っていいそうだ。馬車で送ろう」

ようやく帰れる……とホッと息をついて立ち上がろうとしたが、立てない。足が震えて、何故か力が入らないのだ。

「どうした？」

「いえ、その……、足が……」

「怪我《けが》をしたのか？」

バルディ様は驚いた顔で私の側に来た。

「ち、違います。腰《こし》が抜けたというか、足がガクガクしているというか」

大丈夫だと思っていたが、実は相当精神的ダメージを受けていたようだ。なんだか足だけでなく手までわずかに震えている。意識すると、動悸《どうき》も激しくなってきたような？

「なんだ、先ほどまで落《お》ち着《つ》き払《はら》っていたのに」

「いえ、落ち着いてなど……」

言いかけて、そうだった、お礼を伝えないと……と思い出す。震える体で頭を下げた。

「先ほどは助けていただきありがとうございました。私はもう少しだけ休ませてもらってから帰りますので、先にお帰りになられてください」

帰りの足がないから馬車を呼ばないと。さすがにクラスメイト達は帰宅しているだろうし、などと下げたままの頭でつらつら考えていると――。

「暴れるなよ」

思いのほか近くで声がしたと思ったら、私はバルディ様に抱き上げられていた。

「ひょえぇぇ……」

「なんだ、その声は」

「いきなり抱き上げられれば変な声も出ますって、降ろしてください」

「遠慮するな。家まで送ってやる」

何言い出すの、この暴走騎士。これ、いわゆるお姫様抱っこというものでは？　婚約者でもないのにこのゼロ距離はダメな気がする。

「自分で歩きます」

「歩けないのだろう？」

「こ、根性で歩きます、這《は》ってでも歩きます！」

「這っていたら歩くことにならないだろう」

「な、なら、壁伝《かべづた》いで！　壁に背を当てて、寄っかかっていけば……」

バルディ様に豪快《ごうかい》に笑われた。

「何故そんな愉快《ゆかい》な歩き方をする必要がある。オレが運んだほうが早くて安全だ。しかも腹も背中も汚《よご》れない」

そうかもしれませんが、私にはお姫様抱っこのほうが刺激《しげき》が強すぎます。前世も含めて彼氏いない歴を更新中なのだ。頭に血が昇《のぼ》ってくらくらしそうです。

「ヒルヘイス子爵令嬢……だったか。アリシャ嬢でいいか？」

「あの……このようなことは、立場上よろしくないのでは？」

「君には婚約者がいるのか？」

「おりませんが……」

「オレにもいない。なら問題ないな」

噛《か》み合《あ》わない。なんだかとても噛み合っていない気がする。

「正式に名乗っていなかったな。ファイユーム公爵家の二男《じなん》、バルディだ。堅苦《かたくる》しいのは好きじゃないから名前で呼んでくれ」

さも当然のようにそんなことを言われましても。

しかし反論する元気はもはやなく、運ばれているうちに極度の疲労《ひろう》と心地《ここち》よい揺《ゆ》れで眠くなってきてしまった。

いやいやいや、絶対にダメでしょう、ここで眠るのは！

必死に起きていようと頑張ったけれど、馬車に乗る頃にはストンと眠りに落ちてしまっていた。


翌朝、ふと目が覚めると見慣れた自分のベッドの上だった。もう少し寝たいかも……なんてうつらうつらとしていると、興奮した様子のメイドがノック音とともに飛び込んできた。

「ついにご婚約ですね！」

メイドの爆弾《ばくだん》発言に一発で目が覚めた。なんの話をしているの？

えーっと、確か昨日はイリス様の婚約披露パーティーにお呼ばれして……。そうそう、大変な事件が……。

あれあれあれ？　そういえば私、あの後どうやって家に帰ってきたの？

「昨日はファイユーム公爵家のご令息がお嬢様を抱《かか》えていらっしゃったので、邸中大騒《やしきじゅうおおさわ》ぎでしたよ」

………っっっ、そうだったーっ！

「ち、違うの、昨日はちょっと、説明の難しい出来事があって」

若いメイドはニッコォといい笑顔《えがお》で頷いた。

「ええ、ええ、もちろんですとも、お嬢様が落ち着いてから聞かせてくださいね。まだ、恥《は》ずかしいですものね、うふふ」

何が？　待って、恥ずかしがるような出来事は一切《いっさい》なかったの、本当に。

メイドも浮かれていたが、両親もまた落ち着かない様子だった。

「先触《さきぶ》れはあったが、本当に公爵家の馬車がうちに来て驚いたよ」

「しかもアリシャちゃん、ファイユーム公爵家のご子息に抱っこされていて……」

「日を改めて出直すと言われたが……、アリシャ、何があった？」

どうしよう、説明がしづらい。アルク様がやらかしたことって公言しないほうがいいよね。

困っていると、今度はルディス様からお父様宛に手紙が届いた。

私の具合が悪くなってしまい、偶然居合わせた弟のバルディ様が送り届けた、というあたりさわりのない内容だったとのこと。色めき立っていたメイド達もそれで落ち着いたようだ。ふぅ。危ない危ない。

やっぱり、事件の顚末《てんまつ》はおいそれと人に話せるものではなかったようだ。私もそれについては口をつぐみ、両親にも黙っていることにした。

その後、たっぷりと休息を取り、翌日は元気に学園に行った。

けれど、イリス様は体調を崩《くず》されたとのことでしばらくお休みすると先生から説明があった。

何があったのかを知っているのは私だけ。皆はイリス様が風邪《かぜ》でもひいたのだろうかと心配していた。

イリス様の心中は察するにあまりある。婚約者が自分の家で働くメイドと浮気していた挙げ句、刃傷沙汰《にんじょうざた》だなんて……。いくら政略結婚だとしても許せそうもない。

ガーデンパーティーの会場で見た二人はとてもお似合いで、アルク様は笑顔でイリス様を見つめていたのに。

床に押さえつけられて暴れる様は別人のようだった。叫び、喚き、女が悪い、誘《さそ》われただけだのと見苦しい言い訳ばかり。

太陽の光をいっぱいに含《ふく》んだ鬼灯色《ほおずきいろ》の髪をした快活な伯爵令息は、愚かで醜悪《しゅうあく》な浮気男だった。

私はできれば恋愛結婚《れんあいけっこん》をしたいけれど、あんな浮気男だけは絶対にお断りだ。そう……、私が結婚したい相手は決して高位貴族、高身長のハイスペックイケメンなどではない。ごくごく一般的な普通の男性が良いのだ！

そうして私は、事件のことだけでなく関わった人達のことを、一刻も早く忘れようと心に誓ったのだった。


ガーデンパーティーでの出来事から数日が経ち、平穏な日常が戻ってきていた。

ルディス様とバルディ様が我が家にやってくる……とお父様から知らされるまでは。

ファイユーム公爵家から手紙が届き、「明日、伺《うかが》います」と先触れがあり、我が家が蜂《はち》の巣《す》を突ついたような騒ぎになったのは言うまでもない。

手紙には「大切な話をしたい」としか書かれていないが、おそらく事件の顛末を話に来るのだろう、と察した。一方で両親やメイド達は「公爵家のご子息とのいいお話では」と沸《わ》き立《た》っている。

それはさすがにないと思うけどなぁ……。

二時間ドラマ好きとしてはもちろん結末にも興味があるけれど、通行人Aがこれ以上巻き込まれてもね。それにもしそんな話だとして、きっぱりと断れたらいいのだが、公爵令息相手に何をどう断ればいいのやら。

そして当日。我が家にいらしたルディス様とバルディ様は、改めて見ても美しく、額縁で囲ったら絵画のように完成された雰囲気だった。

ルディス様は美貌の紳士でバルディ様は美丈夫《びじょうぶ》な騎士様。柱の影《かげ》からそっと鑑賞《かんしょう》するだけでお腹いっぱいなのに……、何故《なにゆえ》に私が接待しなければならないのでしょうか？

後ほどお父様にも話があるそうだが、先にアルク様の件についての報告があるようで、応接間は人払いがされた。三人掛《が》けのソファにルディス様、バルディ様が並んで座っている。私も仕方なく向かいに一人で座った。

形式上、部屋の扉は開けられていて、視界に入る位置に公爵家の護衛騎士二人と我が家の家令が立っている。この距離ならよほど大きな声で話さなければ聞こえないだろう。

「さて、被害者となったメイドだが、職場の仲間に『アルクを絶対に落とす』と豪語《ごうご》していたようだ。アルクは遊びのつもりだったが、メイドは最初から金蔓《かねづる》にしようと企《たくら》んでおり、アルクが逃げないようにちゃっかり証拠《しょうこ》も残していた」

男爵家に生まれたというメイドさんは野心家で、アルク様から巻き上げたお金で高位貴族向けの会員制サロンを始めるつもりだったらしい。メイドさんの部屋からは事業計画書が見つかっているそうだ。

「婿入り予定のアルク様がパトロンでは、早々に計画が破綻《はたん》していたのでは……？」

私の正直すぎる一言に、ルディス様が苦笑《くしょう》しながら答えてくれた。

「メイド仲間曰く、『イリス様との差は生まれた家のせいであって、自分だって侯爵家に生まれていれば……』とのことだ」

なるほど……金蔓でもあるけれど、イリス様への対抗《たいこう》意識でアルク様を選んだのかもしれない。

そういった野心を隠さない人物だったので、メイドさんはどこの誰ともわからない男と駆け落ちをして行方《ゆくえ》不明……ということになったそうだ。

駆け落ちも外聞はあまりよろしくないが、殺人事件として処理をするとすべての家に影響が出る。殺人犯を出した伯爵家、そんな男を選んだ侯爵家、そして殺されるようなことをやらかした娘を育てた男爵家。

この場合、侯爵家はむしろ被害者なのでは？　と思わなくもないが、貴族的にはハズレ婿を引いた見る目のない家となってしまう。

アルク様は表向き病気療養《りょうよう》……、実際は名を変えて労役《ろうえき》後、伯爵家の遠縁《とおえん》に引き取られる予定だとか。貴族籍《きぞくせき》は剝奪《はくだつ》されるが死罪よりはましだろう。

三家で話し合った結果、事件はなかったこととなり、裏では伯爵家と男爵家が少なくない額を侯爵家に払うことで合意したそうだ。

これがやんごとなきお貴族様のやり方か……。私は何とも言えず、げんなりする。

「伯爵家と男爵家は恐《おそ》ろしく高い授業料を払ったってことだな」

ルディス様がほほ笑《え》む横でバルディ様が「侯爵家に家を潰《つぶ》されなかっただけましでしょ

う」とほんのり不機嫌《ふきげん》さをにじませた声音《こわね》で言う。

「アルクはトラブルになった時点で父親に相談するべきでした。そうすればメイドは伯爵から金をもらって消えていたでしょうし、もし二度目の恐喝《きょうかつ》があれば、伯爵が裏で手を回していたでしょう」

「バルディ様のおっしゃる通りとは思いますが、アルク様が冷静に物事を考えられる方ならば、最初からメイドさんの誘惑《ゆうわく》に乗って浮気などしなかったと思います」

アルク様には侯爵家の一員となる資質も自覚もなかった。

女侯爵の伴侶《はんりょ》となるからには、あまり婿が賢いと立場が逆転しかねない。ちょっとポンコツくらいがちょうどいいと、フィーター侯爵様も思っちゃったんだろうなぁ。

だとしてもイリス様のためを思えば、もっと早くにフィーター侯爵家で対処できたのでは？　廊下の会話で、侯爵様もご事情を知っていたようだし……。

あれあれあれ？　どうしてそうしなかったの？　あえて放置した、なんてことはないよね？

それになんでわざわざ婚約パーティー当日にアルク様とメイドさんはあの部屋で密会する必要があったの？　しかもあの廊下は人払いされたように全然人が通らなかったし！

事件をルディス様とバルディ様が発見したのはさすがに偶然だと思うけれど、その後すぐに侯爵様とイリス様が現れたのは出来すぎじゃない？

これらは本当に偶然なの？

「愚かな浮気男を誘導《ゆうどう》して身《み》の程知《ほどし》らずのメイドを始末し、ついでに浮気男を社会的に抹《まっ》殺《さつ》して慰謝料《いしゃりょう》をゲット……的な？」

や、やだなぁ、私ってば。前世でサスペンスドラマを山ほど見てたせいで思考が少し殺《さつ》伐《ばつ》としちゃってるみたい。そんな推理小説みたいなこと現実で起こるわけがない。

「アリシャ嬢、先ほどからぶつぶつとどうした？　顔色が悪いようだが……」

無意識のうちにまた独り言を漏らしていたらしい。バルディ様に心配そうに聞かれた。

私が「大丈夫」と答えるより先に、視界の端《はし》でルディス様がにっこりと笑って自身の唇の前で指を一本立てた。

内緒だよ……と口パクで言われた気がして、ぶんぶんと頷く。

もう、本当にやだ、怖い。この人達、早く帰ってくれないかしら……と私が涙目《なみだめ》になりながら思っていると、ルディス様が「ところで……」と話を変えてきた。

「アリシャ嬢はまだ婚約者が決まっていないそうだね」

「そう、ですね。学園を卒業したら子爵領に戻り、領内で探そうと思っております」

「前世の記憶を子爵領で活用するの？」

はい？　ルディス様、何故、それを……？

また独り言で……言ってないよね？　ルディス様とはほとんど会話していないもの。

驚く私にルディス様がほほ笑む。

「珍しいタイプのご令嬢だってバルディに聞いて、調べちゃった★」

調べちゃった★　って……そんなお茶目に言われても。私からすれば背筋が凍《こお》る思いだ。トップシークレットをそんなに簡単に暴かないでほしい。

「私の記憶は国に貢献《こうけん》できるようなものではなく、普通すぎて領地改革したり、食生活や既存産業に革命を起こせるようなものではございません。保護いただくほどでもないので、いずれ領主となる弟を助けながら静かに暮らせたらと願っております」

「そうなの？　もったいないなぁ。生かせそうなのに。ほら、今回みたいな件とか。アリシャ嬢は血だらけのメイドを見ても冷静に現場を分析《ぶんせき》していたよね？　――今もさ」

ルディス様に鋭い目で見られていやいやいや……と私は首を横に振る。

「私はこれっぽっちもイリス様の復讐劇《ふくしゅうげき》だったのでは？　なんて考えてはいませんし、あの時もまったくもって冷静ではございませんでした。その証拠に……、ええと……、そう！　うっかり人質Ｂとなっておりますし！」

「人質Ｂ……？」

バルディ様が私の余計な一言に首を傾げる横で、ルディス様はしらじらしく続ける。

「あぁ、あの時は私も驚いたよ。刃物《はもの》を持った男にご令嬢を人質に取られるなんて、私達が揃って現場にいたのに大失態だ。最悪の事態も覚悟《かくご》していたけど、見事な脱出劇だったね」

ルディス様はそう言うが、私は人質Bとしての仕事をまっとうしただけ。

事件というのは創作物だから楽しいのだ。

通行人Aはまだ妥協《だきょう》できても人質Bは二度と引き受けたくない。

「わ、私、あの時のことは無我夢中《むがむちゅう》で、さっぱりすっかりカケラも覚えておりませんわぁ、ほほほ」

とにかく笑ってごまかそう。記憶にございませんっ。と、頑張ってほほ笑んでいたが……。

ルディス様が黒い笑みを浮かべて言った。

「ってことで、アリシャ嬢の知識を騎士団で生かすことにしたから」

「は？」

「ついでにバルディの婚約者に内定したよ、おめでとう。兄としてはもちろん、公爵家としても歓迎《かんげい》しよう」

「いや、めでたくないです、お断りします」

反射的に断ると、何故かバルディ様がムッとした顔をする。

「何故だ、オレになんの不満が？」

えぇ～……、むしろそちらが乗り気なことに驚きです。我が国では公爵家に嫁《とつ》ぐのは最低でも伯爵家以上か友好国の王族で、子爵家の可能性など皆無《かいむ》に等しい。ありえるとすればよほど容姿端麗《たんれい》か財産があるか、類稀《たぐいまれ》なる才能があるか。

「どうしてそんな話になるのかさっぱりわかりません。私の記憶は特別なものではないときちんと嘘偽《うそいつわ》りなく申告《しんこく》し、特異性なしと判断されました」

「確かに聞き取り調査の書類だけ見ればおかしな点はない。でもさ、アリシャ嬢は随分と変わっているんだよね。状況判断が早く、それを実行に移すだけの胆力《たんりょく》もある。アルクに食らわせた一撃は見事なものだった」

ルディス様の横でバルディ様が深く頷いている。

「令嬢ってのは騒ぐし泣くし、めんどくさいのが多いが、アリシャ嬢は新人騎士より度胸がある」

「ないです、そんなものはまったくありません。あの時はお二人がいたから『なんとかなる』と思っていただけで……」

ルディス様がぽんっと手を叩《たた》いた。

「でしょ？　だから前世の記憶持ちであるアリシャ嬢の安心、安全のためにバルディをつけるよ。バルディが所属している第五騎士団は難事件を担当することが多い。きっとアリシャ嬢も活躍できるだろう。それにバルディは令嬢らしい令嬢が苦手でね。年齢的にもそろそろ婚約者を決めないと……と思っていたところに、アリシャ嬢がひょこっと現れたものだから、これはまさに運命の出会いだ」

バルディ様がルディス様の言葉にうんうん頷きながら、こう言った。

「アリシャ嬢は面白《おもしろ》そうだ」

………おもしれぇ女枠《わく》に入っちゃったかぁ。だが私は面白くない、断じて笑えない。

「お、落ち着いて、落ち着きましょう。それは間違いなく一時の気の迷いです！」

吊《つ》り橋《ばし》効果、的な？　一時的に珍しいものを見て興味が湧《わ》いただけですって。

バルディ様が笑う。

「アリシャ嬢のほうが慌てているな。心配しなくても君のことはオレが守る」

心配しているのはそこじゃなーいっ。

高位貴族家と下位貴族家では責任の重さが異なり、注目度も格段に跳ね上がる。しかも、肉体派モデルのような騎士様に映画俳優ばりのお兄様つき。すでにお年頃の女性達の注目を集めまくっているはずだ。そこに、私が？　無理無理無理っっっ。

しかしどう断れば……、いえ、お断りするのならお父様にお願いするべきよね。貴族の結婚は家と家との結びつき。公爵家との縁組《えんぐみ》は夢に見こそすれ、子爵家がそんな大それたこと……と平凡令嬢の親であるお父様ならわかってくれるはず！

平穏な日常のためにも頑張れ、お父様！

結果は……、なんとなくそんな予感がしていたが、お父様がかなり押し負けていた。優しいお父様にしては珍しくはっきりと「辞退したい」と告げたのに、ルディス様がまったく引き下がろうとしない。

「しかしアリシャ嬢には婚約者がおらず、心を通い合わせた相手もいないのですよね？　身分違い？　大丈夫ですよ。バルディは公爵家を継《つ》ぐわけではありませんので。こちらはアリシャ嬢の『前世の記憶』のことも把握している。今後アリシャ嬢の記憶を悪用する輩《やから》が現れないとも限らない。公爵家があらゆる外敵からご令嬢を守り切るとお約束しますよ」

何かあれば公爵家が全面バックアップするし、これ以上の優良物件はない。と、断っても断っても言葉を変えて説得される。

「な、なんと言われようとも、娘の気持ちを無視する気はありません。私は娘には幸せになってもらいたい」

お父様、腹黒ルディス様の圧力に負けなかった、素敵！

「そうですか……」

ようやくルディス様が諦めたように息をついてやっと終息か、と思いきや。

「ヒルヘイス子爵にとっての婚約は、家と家との結びつきではないようだ」

ルディス様がそう言って、あとは任せたとばかりにバルディ様を見た。バルディ様が頷いて力強く言う。

「アリシャ嬢を幸せにします。財力や地位ではなく、オレ自身の力でアリシャ嬢を守り、愛し抜くと誓います」

「……うぐっ」

高校球児の選手宣誓《せんせい》か⁉　ここまで黙ってお父様を応援してきたが、この宣言には思わず私も変な声が出てしまった。

「私とは出会ったばかりではないですか。たった一日、一瞬の出会いで一生を決めてしまってもよろしいのですか？　ファイユーム公爵令息ほどのお方なら、もっと素敵な女性との出会いもあるはずです」

「いや、アリシャ嬢以上の出会いがあるとは思えない」

確信を持ったバルディ様の言い様に、その根拠《こんきょ》は？　と、問えば……。

「勘《かん》だ」

返答に頭を抱えてしまった。

バルディ様、それ、前世で言うところのビビッと婚《こん》じゃないですよね？　結婚するのに一番アテにしちゃいけないヤツですよ。

「最初はちょっと様子のおかしな子だと思ったが……、危なっかしいところがあるから目を離せないし、破天荒《はてんこう》なのかと思えば妙《みょう》に冷静な時もある。豪胆《ごうたん》とも思える性格なのに、腕《うで》の中ではぷるぷるとして子ウサギのように可愛らしい。興味を持つなというほうが無理だ」

待って待って待って。褒めてるんだか貶《けな》してるんだかわからない。こういった時はもっと美辞麗句《びじれいく》を並べるものではないの？　かえって本気っぽくて困るわ。私がうっかり勘違《かんちが》いしちゃったらどう責任をとってくれるの？　……って、婚約の話をしてたんだったーっ。ええい落ち着け！　ともかく私はっ。

「普通の人と普通の結婚がしたいの――――！」

心の内を思い切り叫んでいた。皆がぽかんと私を見ているが構うものか。

「だって……、公爵家なんて、絶対に面倒じゃない！　結婚相手はロースペックでいいの。美形はたまに見るだけで満足できるの。毎日、会っていたらありがたみが減るのーっ！　子爵領に帰ったら楽な服装で過ごして、大口を開けて笑って、美味しいものを食べて。休日は昼間っからベッドの上でだらだら過ごしながら、お菓子を食べたり本を読んだりしていたいのよーっ！　しかも『前世の記憶を生かしたい』って何？　そんな役立つ知識なんてないって言ってるでしょう。調査官のおじさん達だって『超平凡《ちょうへいぼん》』って太鼓判《たいこばん》を押してくれたのよ。専門家の意見を信じなさいよ。さぁ、お父様、ビシッと言ってやって！

うちの娘に公爵家の嫁《よめ》は務まりませんって！」

ぜぇ、はぁ。一息にしゃべりすぎて、息が苦しい。

一呼吸の間の後。

「ふはははは、最高！　バルディにはもったいないくらいだ」

ルディス様が綺麗《きれい》なお顔をゆがめて爆笑《ばくしょう》している。そしてバルディ様は、興奮を抑え切れないような、熱のこもった表情で私の手を取った。

「アリシャ嬢、オレもまったく同感だ。貴族のしがらみとは関係なく、楽な服を着て美味しいものを食べて家族と仲良く暮らしたい。仕事と立場があるためすぐにとはいかないが……、引退後は景色の良い場所に移住して二人でのんびり余生を送ろう」

ですから、話、聞いてました？　何、アレコレすっ飛ばして老後の話までしているの、それ以前の問題がてんこ盛りでしょうがっ。私は助けを求めるようにお父様を見た。

しかしそのお父様が……、ついに「承諾《しょうだく》する」と頷いてしまった。

「お父様っ？」

「アリシャ……、父さんはアリシャには幸せになってもらいたいんだ。心からそう願っている。地位や財力だけで説得されていたら、頷かなかったよ」

まさか……、バルディ様の「勘」を信じると？　それ、絶対、ダメなヤツ……。

「アリシャだっていずれは誰かと結婚をするんだ。バルディ卿《きょう》は案外、良いお相手だと思うよ？　確かに我が家とは家格差があるが……、そこは絶対ではない」

それに……と声を落として私にささやく。

「公爵家なら大抵《たいてい》のやらかしをもみ消してくれそうじゃないか？」

「お父様、私はやらかしたりなどしていませんよ」

埋没系平凡令嬢ですから。

「でも、今回、フィーター侯爵家で何かやらかしたってことだよね？　父さん、何も聞かされていないけど……、そこを気に入られたってことなんじゃないのかい？」

ぐうの音も出ず私は黙り込む。心当たりしかない。

二人でコソコソと話しているとルディス様が「話の続きをしても？」と割って入った。

「ヒルヘイス子爵にも快く承諾していただけて良かった。すぐにでも正式な手続きに入りましょう」

「その前にいくつかお約束いただきたい。娘が心の底から嫌がった時は、婚約を解消……」

「お父様、それは、今です！」

さぁ、さぁ、なかったことにしましょう！　と意気込む私をお父様が「落ち着きなさい」とたしなめる。

「アリシャ、気持ちはわかるが……、お付き合いをしてもいないのに嫌だ嫌だと言うばかりでは話は進まないよ。せめて二、三カ月はお付き合いをしてみなさい。バルディ卿ときちんと向き合った上でどうしても嫌だとなった時は、改めて考えよう」

結果、以降の条件をもとにファイユーム公爵家とヒルヘイス子爵家で仮婚約の契約書《けいやくしょ》を作ることになった。

一、お付き合いした上で私がどうしても嫌だと思った時は婚約解消の交渉《こうしょう》ができること。

一、私の『前世の記憶』が必要な時は捜査協力をするが、それは必要最低限とし、バルディ様が責任を持って私の身の安全を確保すること。

できれば避《さ》けたかった婚約だけど、圧が強い兄弟相手から猶予《ゆうよ》期間をもぎ取っただけでもすごいことかもしれない。お父様は本当によく頑張ってくれました。

「アリシャは嫌そうだけど……、父さんはそう悪くないお話だと思っているよ」

ルディス様とバルディ様がお帰りになるのを見送った後、お父様が私にぽつりと言う。

「バルディ卿は正直に……、様子のおかしい子、破天荒、豪胆って言ってたからねぇ」

「…………言ってましたね」

落ち着いて考えなくても、女の子に対して失礼な発言ではないかしら？

「令嬢に対する褒め言葉ではないけれど、アリシャをよく見ていて、それを理解した上での申し込みだ。それに……、子ウサギのように可愛らしいとも言っていた」

「ははは、バルディ様の体格と態度が大きすぎるだけです」

「確かに大きかったなぁ。ご子息であの迫力なら、騎士団で団長をされている公爵様はもっとすごいんだろうねぇ。今日、公爵様が来ていたら……、アリシャのためとはいえ猶予期間なんて切り出せなかったかもしれないよ」

「そうですね。お父様はとても頑張ってくださいましたわ」

「そうかい？」

「はいっ。あとはバルディ様が勘違いに気がついて『この話はなかったことに』と言い出すのを待てば良いのです。私はそんなおもしれぇ女ではありませんからね！」

お父様は私の前世の言葉の意味を知ってか知らずか……苦笑しながら私の肩《かた》を抱き寄せてぽんぽん、と叩く。

こうして抵抗《ていこう》むなしく、私に超《ちょう》ハイスペックな婚約者ができてしまったのだった。

柘榴色のドレスを着た女

あぁ、ついに婚約者《こんやくしゃ》（仮）ができてしまった。しかも公爵令息《こうしゃくれいそく》で肉体派モデルのようなイケメンの……。少し落ち着く時間がほしいわぁ。できれば五年か十年くらい。

そう思っていたのに、翌日にはバルディ様が私を迎《むか》えに来てしまった。本日は騎士団《きしだん》の制服で、これが黒の上下ですこぶるかっこいい。

クラスメイトが言うには「騎士団の制服は隊によって色が違《ちが》うの！　近衛兵《このえへい》は白で、王城の警備隊は濃《こ》いめの青で……、私が密《ひそ》かに一番かっこいいと思っているのは黒！」とのことでした。ええ、認めましょう。恐《おそ》ろしくかっこいいです、黒の隊服は。

隊服のせいで迫力《はくりょく》三割増しのバルディ様が言った。

「早急《さっきゅう》に解決したい事件がある。王妃殿下《おうひでんか》からも頼《たの》まれている案件だ」

私が言うのもなんですが、婚約者と顔を合わせて第一声がそれってどうなのでしょう。って、言いたい～。けど、言えない～。

「いや、声に出ているぞ。褒《ほ》めたほうが良かったか？　今日の装《よそお》いは随分《ずいぶん》と地味なものに見えるが……、もとが可愛《かわい》らしいので清楚《せいそ》で可憐《かれん》な花のようだな」

「わ……」

「わ？」

「私が悪うございました……。事件の話を伺《うかが》います」

そう……、先触《さきぶ》れで殺人未遂《みすい》事件があったと聞いていたため、本日の装いはモスグリーン一色の飾《かざ》りの少ないドレスに髪《かみ》もまとめて後頭部でお団子にしていた。

「今日は時間があまりないが、日を改めて親睦《しんぼく》を深める機会を作ろう」

ううう、そんな時間、私には不要です。

捜査《そうさ》協力はあくまでも「必要な時だけ」とのお話だったが、早速《さっそく》、必要になってしまったようだ。

バルディ様のエスコートで公爵家の馬車へと乗り込む。家紋《かもん》もなく地味な馬車だったが、乗り心地《ごこち》はさすが公爵家……。揺《ゆ》れが少なく座面がふかふかしている。

私は進行方向を向いて、バルディ様がその斜《なな》め向かいに座った。事件の詳細《しょうさい》が語られる。

「昨日、王都内のジフロフ子爵家《ししゃくけ》で当主のシアン・ジフロフ子爵が何者かに襲《おそ》われた。すぐに衛兵隊が呼ばれたが、犯人逮捕《たいほ》どころか手がかりも見つかっていないため、オレが所属する第五騎士団に声がかかった」

第五騎士団……別名「特殊捜査隊《とくしゅそうさたい》」。領地、国境を越《こ》えた広域犯罪や難事件を担当している部署とのこと。

え、何、そのちょっとかっこよさげな部隊。あれでしょ、少数精鋭《せいえい》のスペシャリスト達が難事件に挑《いど》む……って海外ドラマでよく見てたやつ。バディではなくチーム戦。個性派揃《ぞろ》いのメンバーが特技を生かしつつ総合力で悪を追《お》い詰《つ》める。

バルディ様の職場に興味なんてありませんけど、たぶんいるよね、神経質そうな痩《や》せた研究者とか長髪《ちょうはつ》眼鏡のマッドサイエンティストとかクールな姐《ねえ》さん……。

「何を考えている？」

「……へ？」

「変な顔をして笑っていたぞ」

「いいえ、別に、全然、何も……、はい、後ろ暗いことなど考えたりしておりません」

「後ろ暗いことを考えていたんだな」

バルディ様にしっかり断定されてしまった。

「そういうわけではないのですが、ただ……、バルディ様の職場には神経質そうな痩せた研究者とか、長髪眼鏡の天才科学者がいたりするのかなぁと思って」

アホなことを考えていてすみません……と謝ったら。

「会ったことがあるのか？　あいつらは研究室からほとんど出ないで、そのまま泊《と》まり込《こ》む日も多いのに……」

いるんかーいっ、と、コテコテのツッコミをしてしまいました。心の中で。

「アリシャ嬢《じょう》はいつ、会ったんだ？　よく彼らが第五騎士団だとわかったな」

バルディ様が心底驚《おどろ》いた様子で聞いてくる。

「えっと……、特殊捜査隊と聞いて、こう、頭の中で、そういった一風変わった人達がいるのでは？　と想像しただけです」

バルディ様は感心したように頷《うなず》いた。

「やはりアリシャ嬢はすごいな。どうやったらそこまで推察できるのか……」

ええ、それはもう何十本、何百本とその手のドラマを見て本を読めば。

「ちなみにその方、丸い眼鏡をかけていたりは……」

その一言にバルディ様が黙《だま》り込《こ》んだ。まさか……、まさかの！

「あいつは小さめの丸い眼鏡……だな。本当にアリシャ嬢は会ったことがないのか？」

「女神様《めがみさま》に誓《ちか》って申し上げます。会ったことはもちろん存在も知りませんでした」

ただ、あるある、なんです！　異世界でも適用される創作あるある、恐《おそ》るべし。

コホン。さて、時間もあまりありませんし、話を本題に戻《もど》しましょう。

私がそう促《うなが》すと、バルディ様も「そうだな」と事件のあらましを語り始めた。

王城の近く、王都の一角にある貴族街。

そこには多くの高位貴族の屋敷《やしき》がある。下位貴族は、所属する派閥《はばつ》や予算と相談をして貴族街の中でも北側、商業地区に近い場所に居を構えていた。

今日訪ねるジフロフ子爵様の領地は織物《おりもの》の産地として有名で、素晴《すば》らしい生地《きじ》を織るだけでなく加工品でも名を馳《は》せていた。さらにドレス専門の高級ブティックでは王妃様のドレスも手掛《てが》けていて、その評判から予約をしても納品は最短で一年後と言われる人気店だ。うちと同じ子爵家ではあるものの、商売で成功を収めた勢いのある家門である。

事件はこのジフロフ子爵様が王都内に持つ屋敷で起きたという。

「子爵は二階の執務室《しつむしつ》にいた。そこにはテラスが作られていて、庭に出ることもできる。天気が良《い》い日はそこでお茶を楽しんだり、夫人とランチを食べることもあるそうだ」

季節は春。初夏というには少し早い。絶好の外ランチ日和《びより》だろう。

「子爵は午前中は一人で仕事をすることが多く、昨日も一人だった。過ごしやすい時季だったため、窓を開けていた」

屋敷の造りは一般的《いっぱんてき》な貴族邸宅《ていたく》と同じ。本邸《ほんてい》、別邸《べってい》、使用人棟《しようにんとう》、あとは技巧《ぎこう》を凝《こ》らした庭園。お客様から見えない位置には菜園や果樹園まであるという。

「机に向かって仕事をしていた子爵は、突然《とつぜん》背後から頭を殴《なぐ》られた」

子爵様は殴られた勢いで椅子《いす》から転がり落ち、その物音で廊下《ろうか》に立っていた護衛の騎士が室内に飛び込んだ。

そこでテラスから庭へと逃《に》げていく女の姿を見たという。

金色の髪に、濃い赤色の大きなリボン。ドレスも同じ赤色だった。

騎士は一瞬《いっしゅん》迷ったが、女の足ならすぐに追いつけると思い、まずは助けを呼んだ。すぐに家令とメイド達が駆《か》けつけたので、子爵様のことを任せて騎士は女の後を追った。

しかし、逃げた女は見つからなかったそうだ。

「子爵邸も他の貴族家同様、高い塀《へい》で囲まれており、門には門番が二人立っている。塀はレンガ造りで人が出入りできそうな穴もない。使用人が使う通用門は内側から鍵《かぎ》がかけられていて、鍵を持っていない人間に開けることはできない」

犯行は昼前で赤いドレスの女が走り去れば、人通りの少ない貴族街でもかなり目立つ。犯行時間や立地から犯人が敷地《しきち》の外に出たとは考えにくく、おそらくどこかに潜《ひそ》んでいると目された。

家令の判断で衛兵隊が呼ばれ、護衛騎士達とともに赤いドレスの女を探《さが》した。子爵様の甥《おい》が一人で暮らしている別邸、使用人棟、鶏《にわとり》小屋や馬の飼い葉の中まで漁《あさ》ったが……。

「目撃《もくげき》情報と一致《いっち》する女性は忽然《こつぜん》と姿を消したまま、見つかっていない」

今ある情報は次の通り。

子爵様が襲われた時、テラスに出る窓は開放されていた。

子爵様は一命をとりとめたが、予断を許さない状況《じょうきょう》。

犯人は赤いドレスを着た金髪《きんぱつ》の女性で、目撃した騎士は後ろ姿しか見ていない。そのため年齢《ねんれい》、容姿など詳細は不明。

家令の判断ですぐに子爵邸の出入り口は封鎖《ふうさ》され、衛兵隊も呼ばれて人の出入りは厳重に管理されている。

つまり事件後、子爵邸の敷地へ他者が出入りするのはかなり難しい状況だった。

次に凶器《きょうき》。こちらは庭にあったと思われるこぶし大の石で、倒《たお》れた子爵様の側に転がっていた。状況的に凶器はこの石で間違《まちが》いないとのこと。

外部犯が塀を乗り越えて侵入《しんにゅう》し子爵様を襲った……という可能性も捨て切れないが、日中、誰《だれ》にも見られずに高い塀を乗り越えて来るだけの技量があれば、凶器に適当な石を選び目立つ赤い服など着ないだろう。

内部犯だとすれば……アリバイがはっきりしている人達と、働いている場所、年齢、体型などである程度、絞《しぼ》り込《こ》みができる。

そして絶対にあると思われる犯行動機。今回の事件は通りすがりに「ついカッとなって子爵の頭をぶん殴った」的犯行ではない。

まだ見つからずに逃げおおせているのがその証拠《しょうこ》。犯人には明確な目的と動機がある。

「バルディ様、屋敷の中に子爵様を恨《うら》んでいる方、または不仲な方はいませんか？」

「いると言えばいるが、使用人の中にはいない。ジフロフ子爵は温厚《おんこう》で有名な方だ。オレも昨夜、使用人達に聞き取りをしたが皆《みな》とても心配しているようだった」

使用人達は一様に、子爵様の回復を願っていた。しかし……、使用人以外では子爵様との関係が悪化している者達がいるという。

「ジフロフ子爵夫人とその甥だ」

「子爵夫人……夫婦《ふうふ》が不仲となる原因は浮気《うわき》か資産の使い込みか親族絡《がら》み？ 王道展開なら浮気だけど、まさかそんな安直な理由じゃないよね。ひねりがなさすぎるもの」

「アリシャ嬢、ひねりはひとまず置いて、話の続きをするぞ」

バルディ様は私の余計な一言に苦笑《くしょう》しながら続けてくれる。

ジフロフ子爵様と夫人の仲は冷え切っていたという。そのため事件直後から現在まで、屋敷内のことは家令がすべて取り仕切っていた。

一方で夫人は「騒《さわ》ぎにしたくない」と捜査に非協力的で、何を聞いても「知らない」「わからない」ばかり。加えて甥も「さぁ、本邸のことはさっぱりで……」と笑うだけ。

「犯行時刻、夫人はメイド達と過ごしていた。甥は別邸に一人でいたため、別邸が怪しいのではないかとくまなく捜索《そうさく》したが、犯人と思《おぼ》しき女性は隠《かく》れていなかった」

「なるほど……アリバイのある夫人、アリバイのない甥……消えた赤いドレスの女……これ、ドラマで見たわ。確かトラベルミステリーで……」

「アリシャ嬢？　続けてもいいか？」

またも独り言が漏《も》れ出《で》ていた。いちいち中断させて申し訳ない。

ジフロフ子爵夫妻が不仲となった原因は、この甥にあるという。子どもに恵《めぐ》まれなかった夫妻は、夫人の姉の息子《むすこ》を養子として引き取ることにした。夫人の姉はミリアン商会という王都にも店を構える大店《おおだな》に嫁《とつ》いでおり、子を何人か産んでいた。ミリアン商会としても織物産業で成功しているジフロフ子爵様とのつながりは願ってもない良縁《りょうえん》で、すぐに縁組《えんぐみ》がなされた。

甥は夫人に似た線の細い青年で、当時十六歳。

突然《とつぜん》家督《かとく》を継《つ》ぐことになった甥は、子爵様によってすぐさま当主教育を施《ほどこ》されたが、本人にやる気がない上に、夫人が何かとあまやかしてしまう。

子爵様もはじめのうちは我慢《がまん》強《づよ》く教えていたが、ついに限界を迎えたのか甥を別邸に追いやってしまった。それが半年ほど前の話。

夫人がなんとか取り成そうとしたが子爵様は聞き入れず、甥との縁を切り実家に戻すよう伝えていた。

しかし夫人があれこれと面倒《めんどう》をみていたため、甥は夫人の保護下における完全な居《い》候《そうろう》状態――前世で言うニートというやつだ――で、明日にも子爵様が甥を追い出すのでは……と、屋敷中に緊張《きんちょう》状態が続いていたタイミングで今回の事件が起きた。

「それは二人、もしくはどちらか片方でも子爵様を害する立派な動機になりますね」

「そう思って我々も捜査している。しかし、犯人の特徴《とくちょう》である赤いドレスの女性が見つからないことには……」

そうでしょうそうでしょう。この世界の常識では、一見迷宮《めいきゅう》入《い》りに思えるこの事件。だけど、私は前世（のサスペンスドラマ）を知る女。もう目星はついてます！

「犯人は甥でしょう」

「だが、赤いドレスを着た女性だというゆるぎない証言がある」

「だとしても、甥が第一容疑者です。現場では甥に絞って捜査を進めてください。ということで、必要最低限の協力はしたので私はここで帰らせて……」

「待て。説明を省くな、きちんとわかるように説明をしろ。犯人が女性である以上、甥が犯人である可能性は低いと思うが？」

あぁそうか……、バルディ様にはわからないか。

この世界の価値観だと、男性がスカートを穿《は》くという認識《にんしき》はまるでない。

二時間ドラマだと電車の窓から大きなつばのある黒い帽子《ぼうし》をかぶった女性が見えたとか、タクシーに乗った女性が派手な色のスーツにサングラス姿だったとか、わざと印象に残る女性的装いで目くらましをするのはよくある手法。

そう、これはとっても簡単なトリックなのだ。

「つまりですね、『甥がドレスを着て、犯行に及《およ》んだ』ということなのです。犯行動機があり犯行時に一人でいた人物は甥だけですし、夫人に似た線の細い青年ということなら変装で女性に見せることも可能でしょう。細身の男性なら十分ごまかせます」

しかも焦《あせ》っている護衛騎士が遠目で見ただけですもの。その場では体格より赤いドレスのほうが印象に残ってしまう。

「…………、甥が、ドレスを？」

バルディ様が自分の服装に目を向けて、嫌《いや》そうに眉《まゆ》をしかめた。いえいえいえ、バルディ様、自分の女装姿を想像しないでーっ、それはだいぶ無理がありますから。私はちょっと見たい気もしますが、この世界では一部のマニアを除いてアウトです。

「ええっと、私で想像してみてください。まず、髪をまとめて帽子をかぶります」

「うん、かぶった……、帽子もよく似合って可愛いな」

そうじゃないです、バルディ様……。話が進まないためここは流しましょう。

「次に服装です。平民の男の子が着るようなラフなシャツにパンツ、ベストなんてどうでしょう。で、顔や手足に汚《よご》れをつけたら……」

「やんちゃな一面が垣間見《かいまみ》られて随分と愛らしいが、知らずに会えば……、少年だと思うかもしれないな」

「この際私基準で考えるのは置いといてください……」

「変装か……、そういえばうちの騎士団にも変装を得意とする奴《やつ》がいる」

いるんだ……。それは年齢性別不詳《ふしょう》の毒舌《どくぜつ》キャラとかじゃないですか？　と聞いてみたい気もするが、今はジフロフ子爵様の件を解決しなくてはならない。

「ご納得《なっとく》いただけたのなら、私はここで帰らせて……」

「ダメだ。馬車から飛び降りる気か？」

腰《こし》を浮《う》かせると、私の隣《となり》に移動してきたバルディ様にしっかりと腰をホールドされてしまった。駅者《ぎょしゃ》に「停車」をお願いしようと思っただけで、さすがに馬車から飛び降りたりはしませんよ。

「何故《なぜ》ですか？　私は部外者ですよ。捜査は衛兵隊や騎士団のお仕事ではありませんか」

「そうだな。喜べ、アリシャ嬢には第五騎士団のアドバイザーという役職がついた。つまりオレ達の仲間だ」

私、聞いておりませんけども？

「本人の承諾《しょうだく》もなく、いつの間にそんな役職がついたのですか？」

「昨日婚約が決まってすぐに兄上が手続きをしていたぞ」

くぅ～、あの胡散臭男《うさんくさお》め……。

「もちろん対価も支払《しはら》われる。ヒルヘイス子爵とも相談をしたが、対価はアリシャ嬢の個人資産として貯蓄《ちょちく》され、学園を卒業後自由に使えるようになる。それまでは、何かほしいものがあればオレに言うように」

「え、今まで通りお父様にお願い……」

「オレに、言うように」

バルディ様、腰を抱いたまま圧をかけるのはやめてください。それ、ナニハラですか。

間違いなくナニカシラハラスメントですからね。

「どうしてもと言うのなら、遠慮《えんりょ》しませんけど……、本当によろしいのですか？」

「ドレスや宝石を買う程度の資産はある」

「いえ、私のほしいものって、カフェの新作ケーキや菓子店《かしてん》の新商品とかですよ。貴族御《ご》用達《ようたし》だけでなく、平民向けの屋台でも買うので、わざわざバルディ様にお願いするような高価なものではないんです」

バルディ様は意外そうな顔をした後《だ》、ハハハッと声をたてて笑った。

「アリシャ嬢は本当に予想外で面白《おもしろ》いな」

ええ、今、笑うところありました？　私はちっとも面白くないんですけど。威圧《いあつ》したり、笑ったり、一人で楽しそうですこと。と、少々、不貞腐《ふてくさ》れていると。

「事件が解決した後、カフェでも屋台でもどこにでも付き合おう。止めないから好きなだけ食べてくれ。なんなら店の商品をすべて買い占《かし》めよう」

「いくらなんでもそんなに食べられません！」

急に耳元でささやくように言うから、いい加減離《はな》れてほしいという意味も込めて全力でお断りした。何がツボに入ったのか、それから馬車がジフロフ子爵邸に着くまでバルディ様は笑い続けていた。

馬車が到着《とうちゃく》し、ダメ押しでもう一度だけバルディ様に「帰りたい」と伝えたが、「大《だい》丈夫《じょうぶ》、捜査中はオレが側にいるから」と、明後日《あさって》な方向の返事をされた。

そんな心配はしてないです、単に面倒だから帰りたいだけです……。こうなっては仕方がない。刑事《けいじ》ドラマの主人公の後ろに控《ひか》える捜査員Cとしてモブになろう。

バルディ様にエスコートされながら、渋々《しぶしぶ》子爵邸の敷地内へと足を踏《ふ》み入《い》れる。

門から庭、邸内《ていない》でも子爵邸の護衛騎士とは別に衛兵隊の方々が捜索に当たっているようで、なかなかに物々しい雰囲気《ふんいき》だ。バルディ様が軽く手をあげて挨拶《あいさつ》をしている。

こんないかにも「刑事ドラマの事件現場」という中に私がいてもいいものか……、うぅ、早く帰ってストロベリーチーズケーキアップルパイを食べたい。これ、名前だけ聞くとイチゴなの、りんごなの？　チーズケーキなの、パイなの？　ってなるけど、パイ生地にチーズケーキの生地とりんごを入れてソースとしてイチゴジャムを……。

と、現実逃避《とうひ》をしていたら、ガチャッと子爵邸の扉《とびら》の開く音がした。

「バルディ、待っていたぞ！」

バルディ様と同じ黒の隊服の騎士様が玄関《げんかん》から飛び出してきた。熊みたいな雰囲気の大《おお》柄《がら》な男性で、バルディ様と背はそう変わらないのに筋肉量が三割増しだ。

「ん？　そちらのご令嬢《れいじょう》は？」

「兄が推挙した第五騎士団のアドバイザーです。そして、オレの婚約者です」

「おぉ、隊長から話は聞いているぞ！　婚約もおめでとう！」

満面の笑《え》みで祝福された。婚約者（仮）ですけどね、って言いたい〜。でも言えない〜。

「アリシャ嬢、こちらは第五騎士団のマークス・ネイビー副隊長だ」

「私は捜査員C……いえ、お初にお目にかかります。ヒルヘイス子爵家の娘《むすめ》、アリシャと申します」

「そんなかしこまらなくて大丈夫！　オレのことは副隊長でも、熊でも筋肉でも好きに呼んでくれ！」

いえ……、実際、年上の男性を「おい、熊」とか「そこの筋肉」とか呼べませんよね？

返事に困るボケはやめてください。

困惑《こんわく》している私の横でバルディ様が苦笑しつつ、副隊長さんに尋《たず》ねた。

「事件に何か進展はありましたか？」

「ないな。夫人と甥が怪《あや》しいのは変わりないため、交代で別邸を見張らせているが……」

「監視《かんし》しているのなら証拠品はまだ別邸内に……」

と、いけないいけない。つぶやいた瞬間《しゅんかん》チラッとバルディ様に見られたので、すっと視線を逸《そ》らした。

「アリシャ嬢、何か気づいたことでも？」

「イエ、ナニモ……」

「まさかと思うが、犯人に逃げられてもいいと？」

いいわけ、ない。しかし、専門家でもない私のなんちゃって推理で事を進めていいものか……、ここにきて迷いが生じた。発言には責任が伴《ともな》う。私は捜査員Cでしかない。前世の記憶《きおく》で見たドラマではこうでした、なんてことがそう何度も役に立つわけがない。

迷っていると、バルディ様にぐっと手を握《にぎ》られた。

「アリシャ嬢、君を引き込んだのはオレだ。リスクも責任もすべてオレが負う。たとえ君の推測が間違っていたとしても、その判断を下すのはオレで、君には何の責任もない」
バ、バルディ様……、すみません、今、何だかかっこいい感じに話してくれたのでしょうが、手、手が大きいです。指が長い。なんか熱いしゴツゴツしていて……、間違いなく成人した男性の手。お父様の手とも違って、妙《みょう》に意識してしまう。
バルディ様に早く手を放してほしくて、私はさりげなく手を振《ふ》りほどきながらまくしたてるように答えた。

「お、甥が証拠を隠している可能性がありますっ。先に裏付けをとりたいので、彼が動かないように引き続き見張りを続けてください！」

「ということは……」

副隊長さんがゴクリと喉《のど》を鳴らす。私は頷いて肯定《こうてい》する。

「皆様《みなさま》が疑っている通り、甥が犯人でほぼ間違いないと思います。証拠を固めるために、先に共犯者がいないか探《さぐ》りたいです」

「よし、わかった、任せろ！」

副隊長さんはそう言うと、子爵家の家令を呼んできた。

「案内なしで邸内を歩くと夫人から苦情がくるからな。家令を連れて来た！　夫人は話にならん。じゃ、オレは別邸周辺に蟻《あり》の子一匹《こいっぴき》通さないよう見張ってくる」

副隊長さんは風のように家令を連れてきて風のように別邸に向かって走り出した。やはり脳筋……、いえ、実直な方のようです。

呼ばれた家令は部外者の私がいることにも表情ひとつ変えず深々と頭を下げた。

「旦那様《だんなさま》を……、どうか旦那様を襲った犯人を捕《つか》まえてください。使用人一同どのような協力でもいたします」

心からの言葉だと思えた。情報通り、子爵様は使用人達から慕《した》われているのね。

「バルディ様はすでに屋敷の皆様から話を聞いたのですよね？」

「一通りは聞いたが……、女性陣《じょせいじん》がな。思っていた以上に口が堅《かた》くて……」

家令が申し訳なさそうに言う。

「副隊長様はあの通り声も体も大きく、他の方々は……」

「オレ達にも問題があったのか？」

バルディ様がちょっと驚いたように言うと、家令が深々と頷いた。

「皆様見目麗《みなさまみめうるわ》しい方達ばかりで、その、恥《は》ずかしくて話せなかったようです」

察し。

それはそうでしょう。まったく興味のない私でもバルディ様に顔を覗《のぞ》き込《こ》まれるとドキッとしてしまうもの。条件反射のように顔も赤くなる。かっこいいと意識していたら、とても冷静に話せないだろう。雇《やと》い主《ぬし》の不利になりかねないことならば、なおのことだ。

「であれば、女性陣には私から話を聞いてみます。ちょうど夫人の担当メイドさんに確認《かくにん》したいこともありますし」

家令にお願いをして、子爵様及び夫人の身の回りの世話を担当しているメイド全員を休憩室《きゅうけいしつ》に集めてもらった。

掃除係《そうじがかり》が三人と、来客対応や給仕《きゅうじ》担当が一人、残り二人は子爵夫人付き。そしてメイド達を統括《とうかつ》するメイド長で七人だ。

バルディ様には廊下で待っていてもらい、私と家令で室内に入った。

「こちらは第五騎士団より依頼《いらい》を受けて来てくださったヒルヘイス子爵令嬢だ。皆、旦那様のためにも協力をするように」

「アリシャと申します。捜査のお手伝いと言っても私はただ皆さんが普段《ふだん》どのようにお仕事されているかをお伺いしたかっただけです。どうか気兼《きが》ねなく、同僚《どうりょう》の一人だと思って気軽にお話を聞かせてくださいね？」

筋肉だるまや極上《ごくじょう》イケメン達による取り調べが続き、メイドさん達は気が休まらなかったのだろう。ＴＨＥ・普通捜査員《ふつうそうさいん》Ｃの私が話しかけただけで、安堵《あんど》の様子が窺《うかが》える。

「では早速……、子爵夫人は赤色のドレスを持っていますか？」

メイド達の顔色を見ればわかる。夫人付きの二人がかなり動揺《どうよう》していた。ならばと私は畳《たた》みかける。

「そのドレスはサイドファスナーで、一人でも着られるものではないですか？」

メイド二人が手に手を取り合って震《ふる》えながら頷いた。

「い、いつの間にか一着、なくなっていて……」

「でも奥様に知られたらクビになると思い、い、言えなかったのです」

「いつ頃《ごろ》、なくなったことに気づきましたか？」

震えている二人にメイド長が優《やさ》しく諭《さと》す。

「正直に話しなさい。旦那様のためです」

「は、はい……。週に一度、クローゼットのお掃除をしています。十日前のお掃除の時にはありましたが、三日前にはなくなっていました」

「夫人のクローゼットに出入りできるのは貴女方《あなたがた》だけですか？」

「わ、私達は盗《ぬす》んだりしていませんっ」

疑われていると思ったのか、二人はわっと泣き出してしまう。私は誤解させないよう穏《おだ》やかに声をかけた。

「心配しないでください。貴女達が盗んでいないことはわかっています。他に持ち出せる人がいないか、盗まれる隙《すき》がなかったのかを知りたいのです」

すんすんと泣いている二人の代わりに、メイド長が答えた。

「クローゼットには高価なアクセサリーもあるため鍵がかけられています。鍵は奥様と家令、それに私が持っています。彼女達がクローゼットに入る日は私の鍵を貸しています」

となると、他のメイド達や使用人は目を盗んで忍《しの》び込《こ》むか、鍵を盗むしかない。盗むといっても、そんな簡単なことではないわよね。

あとは金髪のカツラと赤いリボン。重ねて尋ねると、夫人のクローゼットの中にあるとは思うが確実にあるかどうかまでは覚えていないとのことだった。

「リボンだけでも何百本とあります。つけ毛も……、奥様の髪色からそうでないものまで髪の量を変えていくつかございます」

リボンは確認しようがないか。赤いリボンは私でも二、三本持っている。カツラは背後から見て女性に見えれば良いだけだ。現物を見つけてからの裏付けで十分だろう。

「教えてくださってありがとうございます。では皆様、あとは事件当時の夫人の様子と、別邸で暮らす甥の話を聞かせてください」

ようやく涙《なみだ》が止まったのか夫人付きのメイド二人が答えた。

「は、はい……、事件があった時間、奥様は部屋にいて、刺繍《ししゅう》をしておりました」

「普段はお一人で過ごされるか、別邸にいらっしゃることが多いのですが……」

そこで二人は、顔を見合わせる。

「昨日に限っては、たまには皆で刺繍でもどうかと誘《さそ》われて……」

「珍《めずら》しいこともあるものだなと一緒《いっしょ》に刺繍をしておりました」

あらあらあら、ここでいつもはやらない行動を起こしての、鉄壁《てっぺき》のアリバイ作りはかえって不自然だというのに……。

「では夫人の甥はどうでしょう？」

私が核心《かくしん》に迫《せま》った問いを向けると、七人で目くばせというか「どうする？」といった警《けい》戒《かい》した空気が漂《ただよ》う。うーん、皆さん口が堅い。ぺらぺら話せない事情でもあるのかしら。

するとここで、家令からの思わぬ援護射撃《えんごしゃげき》を受けた。

「皆、正直に言って構わない。あの恥知《はじし》らずには私だって思うところがある」

おお、家令さんナイス。そうですそうです、言ってしまいましょうよ！　と私も笑顔《えがお》で乗っかる。

「そうですよ皆様！　この際、思っていることは全部話しておきましょう。子爵様にとって不都合な話は無理に聞きませんから。聞きたいのは夫人とその甥の話です。それに……実はここだけの話——私もどうかと思っていたんですよ～」

最後はさも私も事情を知っているかのように適当トークをかましてみた。事情を知っている相手ならば、話してもいいか、という空気が漂う。そして誰かが口火を切ればあとは芋《いも》づる式に……とそわそわ見守っていると、「実は……」と、メイドの一人が食いついた。

「別邸に移ってからは、あの方は奥様が声をかけない限り出てきませんでした」

「旦那様が大変な時も、手伝いもせず、別邸に引きこもってばかりで」

「奥様もそれを咎《とが》めないし……、それに時々、二人で見つめ合っているっていうか……なんかそれがちょっと……、だいぶアレで……」

メイド長がふんっと鼻を鳴らして吐《は》き捨《す》てるように言った。

「お二人の間にはもはや我々など不要なのですよ」

それを皮切りに、出るわ出るわ。あれこれとんでもない二人の暴露話《ばくろばなし》が飛び出し、私はほくほく顔で家令とともに使用人達の休憩室を出たのだった。

バルディ様が腕組《うでぐ》みをして廊下の壁《かべ》にもたれて立っていた。

立っているだけなのに絵になるなぁ、足が長い。舞台《ぶたい》から三列目くらいの距離《きょり》で見るだけなら最高なのに、婚約相手となると憂鬱《ゆううつ》な気持ちになるからなんとも不思議だ。

部屋から出てきた私達を見て、バルディ様が壁から背を離す。

「随分と盛り上がっていたようだな」

扉を閉めていたため内容までは聞こえていないようだが、最後のほうは七人が代わる代わる話していたのでヒートアップした気配が伝わったのだろう。

それはもう、異常な盛り上がりだった。メイドさん達も誰かに言いたかったんだよね、わかる。絶対外に漏らせないが、夫人と甥の行いは皆行きすぎだと感じていたようだ。遠回しに『あの二人、絶対、できてるよね』『二人揃《そろ》っておとなしそうな顔をして厚かましい』『子爵様を裏切ってるくせに居座《いすわ》るとかありえない』といった大変スキャンダラスな話を聞かせてくれた。

別邸での二人は基本的にはお茶を飲んでいるだけ、ということになっているらしい。茶葉は姉の嫁ぎ先であるミリアン商会から取り寄せて、自分達でお茶の準備から片付けまでしているのだとか。

二人きりのお茶会はほぼ毎日のように行われていて、時間にして四、五時間。長引くことはあれど、早めに切り上げることはないという。

メイドの皆々様《みなみなさま》、私はそういった情報を聞きたかったのです、ありがとう。

「収穫《しゅうかく》があったようだな？」

私のほくそ笑む姿に、バルディ様が小さな声で尋ねてくる。

「はい、犯人が着ていた赤いドレスは子爵夫人のものだと思われます」

「間違いないのか？」

「三日前にメイド達が夫人のクローゼットからなくなっていることに気づいたそうです。しかもドレスの形状は一人で着脱《ちゃくだつ》しやすい仕様です。犯人の着ていたドレスで間違いないでしょう。あとはそれがどこに隠されているか、だけです。ドレスの特徴も聞きました」

赤い同系色の糸で柘榴《ざくろ》の実と花が刺繍されているとのこと。ドレス専門の高級ブティックを経営しているジフロフ子爵の夫人ともなれば、所有しているドレスは領地の宣伝も兼《か》ねたオーダーメイドの一点もの。

これが無地の赤いドレスだったら「他の誰かのもの」と言《い》い逃《のが》れできるかもしれないが、一点ものはブティックに確認すれば購入者《こうにゅうしゃ》がわかる。

「必要な証言は聞けました。別邸に向かってドレスを探しましょう。衛兵隊の皆様が目を光らせていたのなら、ドレスを処分する時間もなかったはずです」

バルディ様と私、家令の三人で別邸に向かうと、副隊長さんと男性が二人……クール眼鏡の騎士とワンコ系騎士が玄関前で待っていた。この二人も同じ黒の隊服を着ている。バルディ様が小声で「捜査班の同僚でオーレリアス・マンフォードとヴィンス・ウェイドだ」と教えてくれた。クール眼鏡がオーレリアス様でワンコ系がヴィンス様ね。

彼らが私に視線を向けて、「この子は？」とバルディ様に聞いた。

バルディ様はちょっと得意げな顔で「オレの婚約者だ」と答える。

「ヒルヘイス子爵家のアリシャ嬢だ。可愛いだろう。第五騎士団のアドバイザーでもある」

「何、マジで婚約したの？　くぅ～、まさかバルディに先を越されるとはっ」

ワンコ系騎士が悔《くや》しそうに言う。彼もモテそうなのに……と思う横で、副隊長さんがガハハと笑う。

「それを言うなら、オレなんかおまえらより十歳は上なのに婚約どころか見合いで顔を見ただけで帰られているぞ！」

この世界だとスマートな見た目の男性のほうが好まれるのね。私もここまで暑苦しい筋肉はちょっと、と思いつつチラッとバルディ様の全身を見てしまう。いやそんな、バルディ様が理想の筋肉かもだなんて……。もしや脱《ぬ》いだらすごい系？

「アリシャ嬢？」

「はひっ？」

「また何かよからぬことを考えていただろう。今は捜査に集中してくれ」

バルディ様の呆《あき》れ声《ごえ》が耳に痛い。そう、ここからは短期決戦だ。集中集中。

家令がノックもせずに玄関扉《げんかんとびら》を開ける。別邸内に入るとそこは二、三十人が集まっても問題がなさそうな広々とした吹《ふ》き抜《ぬ》けフロアになっていて、ちょっとしたパーティーが催《もよお》せるほどの内装だった。

大きな窓に重そうなボルドー色のカーテンがかかっている。窓の一部はステンドグラスで、玄関の正面、フロア奥に階段があった。左右から中央に延びた階段は緩《ゆる》い円を描《えが》いている。おそらくこの一階の奥が厨房《ちゅうぼう》やリネン室。二階が居住区だろう。

「ご自由にお調べください。必要な人材、ものがあれば準備いたします」

家令の協力のもと、捜索を開始しようとしたところで、警護に当たっていた衛兵隊の二人が小声で副隊長さんに報告をした。

「これまで変わったことはありません」

「甥のほうは現在子爵夫人と二人で二階におります」

家令が小さな声で毒づく。

「はぁ、こんな時まで……まだ旦那様が予断を許さない状況だというのに……」

夫人は子爵様の看病もせず別邸に入り浸《びた》っているため、子爵様には執事《しつじ》とメイド長、それにメイド達が交替《こうたい》でついているそうだ。頭を殴られているためいつ急変するかわからず、二十四時間体制の見守りが必要とのこと。

夫人はもはや甥との関係を隠す気がないのか、それともバレていないと思っているのか。

「それでバルディ、どこから探す？」

副隊長さんに聞かれて、皆で分担を決めていたところに夫人と甥が何事かと階段を降りてきた。

初めて見る子爵夫人は儚《はかな》げな美人だった。四十歳前後だと思うがかなり若く見える。花と蔦《つた》模様の刺繍がほぼ全面に入った、相当な逸品《いっぴん》と見える淡《あわ》いピンク色のドレスを身にまとっており、アクセサリーは真珠《しんじゅ》。羽織った総レースのストールもきっと高級品。

そんな夫人の横に並ぶ甥はごく普通《ふつう》の青年だった。ただ、ちょっと顔色が悪く痩せすぎている。話に聞いていた通り線が細く、憂《うれ》いのある美青年と言えなくもない。

夫人は明らかに部外者の私に視線を向けると少し首を傾《かし》げたが、さほど重要なことではないと思ったのか副隊長さんに声をかけた。

「まぁ、皆様お揃いで……、こちらに何かご用ですか？」

副隊長さんはあえて空気は読まないとばかりに元気に告げた。

「別邸の再捜査に参りました！」

「あら……」

夫人はコロコロとおかしそうに笑って「どうぞ、お気の済むまで」と答えた。

「犯人は赤いドレスの女性……でしたわよね。私も赤いドレスを持っておりますから、私を捕まえにいらしたのかと思いましたわ」

夫人はアリバイがあるため絶対に捕まらないと高をくくっているのか、冗談《じょうだん》まで飛ばしてきた。甥のほうも焦った様子はなく落ち着いている。

まぁこちらは、冗談で終わらせるつもり、ありませんけどね。

「アリシャ嬢……、どこから探す？」

バルディ様にコソッと聞かれて、私も耳元でコソッと作戦を話した。

「屋敷中、くまなく探せばどこかにあると思いますが……、あまり時間をかけたくありません。そこで……」

私が説明すると、バルディ様が感心したように頷いた。

「なるほど、効果がありそうだ」

「バルディ様の演技力にかかっていますよ」

「任せろ。オレはあの兄上の弟だぞ」

そうですね。お兄さんは胡散臭男ですもんね。だからといってバルディ様まで騙《だま》し上手とは思わないけれど……。

打ち合わせを終えると、バルディ様が声を張り上げた。

「捜索と見張りで疲《つか》れているだろうが、ここが正念場だ。皆よろしく頼む」

私は捜査員Cとして、おとなしくバルディ様の横で待機。そして、夫人と甥の動向を見守る。

「しかしバルディ、言ってはなんだが、別邸はすでに何度も捜索している。今さら何を探すんだ？」

副隊長さんが疑問の声をあげた。夫人と甥も同様に思ったのか、こちらを不審《ふしん》げに見下ろしている。

「あぁ、探すものは女性ではなく赤いドレスだ。クローゼットやリネンの中もくまなく確認してくれ」

「‼」

ビンゴ！

これまで余裕《よゆう》しゃくしゃくだった夫人と甥が、明らかな動揺を見せた。

副隊長さん達が「任せろ！」と言いながら邸内を捜索していく。見つけるのは「赤いドレス」。人間を探すよりもある意味単純でわかりやすいだろう。

ところが、数刻経《た》って、次々と落胆《らくたん》した様子の隊員達がバルディ様のもとに戻ってきた。

副隊長さんも「赤いドレスが見つからねぇ……」と気落ちしている。この段階で正直私は、敵ながらあっぱれという気持ちでもあった。

バルディ様がチラッと私を見てこくりと頷いた。

私もこくりと頷く。

──証拠は、あそこですね！　あとは犯人を追い詰めるだけ！

人は隠し事をしている時、絶対に見てはいけない……と思うと無意識にチラチラ見てしまうか、意識しすぎてまったく見ないか、どちらかの行動を取りがちだ。夫人は玄関から見て左側の窓をまったく見ずに、逆に甥はチラチラと何度か視線を送っていた。

木を隠すなら森の中──そう、サスペンスドラマでもよくある証拠品の隠し場所だ。

私はバルディ様の要望に応えるべく、甥を見据《みす》えて告げた。

「ボルドー色のカーテンに……」

「うわぁあああああああっ」

「アリシャ……バカッ！」

いきなり甥が叫《さけ》びながら私に向かって突《つ》っ込《こ》んできた。

ほんの数メートルの距離では避《さ》けようがない。殴られる……と衝撃《しょうげき》を覚悟《かくご》し目をつぶったが、間一髪《かんいっぱつ》、バルディ様が背後からすっと私を抱《かか》え上《あ》げた。ひょいっ、くるん、パッという感じで、いつの間にかバルディ様の左側で子ども抱っこされている。

甥は勢いあまってつんのめってしまい、ワンコ系騎士がそのまま床《ゆか》に押さえつけた。

「ビックリしたぁ、何急に、どうしたっ、こいつ」

「離せっ、離せぇ……っ！」

「ちょっ、おとなしくしてろって」

ワンコ系騎士の下で暴れる甥。一方でバルディ様が私を床に下ろすなり詰め寄ってきた。

「君はまたしても危険を冒《おか》して！」

「えぇ……バルディ様がチラ見して頷くから……、『隠し場所はカーテンですね』『よし揺さぶりをかけるぞ』って意味かと……」

「これだけ騎士がいるのに令嬢に揺さぶりなどかけさせるかっ。緊張状態が高まっている中、犯人を刺激するな！　側にいたから良かったものの、危なかったぞ」

怒《おこ》られた。

でも、あの場面では絶対、「隠し場所、ゲットだぜ！」「よし、一気に決めるぜ！」だと思うよねぇ。

暴れる甥とは対照的に、夫人は必死に落ち着こうとしているようだった。浅い呼吸を繰《く》り返《かえ》している。

「さ、探したところで何もございませんわ。ここに隠せるような場所はありませんもの」

夫人の声は震えていた。これでは自供しているようなものだ。私は「子爵夫人」と静かに声をかける。

「もう諦《あきら》めたほうがよろしいのではないですか？」

「何を諦めるというの！　犯人は、赤いドレスを着た女よ！」

「いいえ、子爵夫人。護衛騎士は『赤いドレスを着た人物』を見ただけで、それが女性だと確認したわけではありません。つまり赤いドレスを着ることができれば男性も犯人になり得るのです」

「だからって、証拠なんて、ないわっ。この子がドレスを着ていた証拠は……」

　私は二人が先ほどから意識していたボルドー色のカーテンを調べた。カーテンタッセルを引っかけるふさ掛《か》けに紐《ひも》が結ばれている。紐をほどくと赤いドレスと金髪のカツラが上から落ちてきた。

「!!」

　夫人達は「赤いドレスを着た女性」という架空《かくう》の存在を作り、犯人に仕立て上げるつもりだったのだ。

　計画はこうだ。子爵様を殴った後、別邸に戻って同系色であるボルドー色のカーテンの中にドレスを隠す。あらかじめカーテンレールに紐を通しておけば、ドレスでカツラを包んで縛《しば》るだけでレール付近まで引っ張り上げられる。捜査に当たった人達が「赤いドレスを着た女性」を探していたとすれば、カーテンレールやふさ掛けまでは調べない。

　突っ込みどころ満載《まんさい》の犯行計画だったけれど、証拠を隠したアイデアだけは、前世の記憶がなければ見つけられなかったかもしれない。

押収《おうしゅう》した赤いドレスには同系色の糸で柘榴の実と花が刺繍されていて、こんな時でもなければ見惚《みと》れてしまうほど素晴らしい逸品だった。

しかしこんなにも素晴らしいドレスを贈られた夫人はといえば……。

「ち、違うわ、犯人は……、女性よ。夫に愛人《おく》がいるんだわ。商売敵《しょうばいがたき》かもしれない。そうよ、恨まれて……ひどい人だもの。この子を追い出すなんて……。きっと真犯人が私達に罪を着せようとしたのね。それを貴方達《あなたたち》もまんまと信じて……私達は被害者《ひがいしゃ》なのに……」

夫人が往生際《おうじょうぎわ》悪く反抗《はんこう》する中、子爵家の護衛騎士が駆け込んできた。

「旦那様が目を覚まされました！　もう大丈夫だそうです！」

朗報を聞いた家令がバタバタと慌《あわ》ただしく出て行く。するとクール眼鏡騎士が肩《かた》をすくめて言った。

「せっかく持ち直したんだ。夫人と甥御《おいご》くんはこのまま顔を見せないほうがいいでしょう」

甥は力尽《ちからつ》きたようにおとなしくなり、夫人もうなだれたまま抵抗《ていこう》しなかった。子爵様が助かったと聞き、二人とも糸が切れた人形のようにボーッとしている。

柘榴色のドレスを着た女は結局、何も手にすることができず……、ただ捜査に当たった人達の目だけを奪《うば》って消えてしまった。

儚げ美人のジフロフ子爵夫人と線の細い甥。二人は周囲の予想通り恋仲《こいなか》にあり、夫人は可愛い甥に子爵家を継がせようと犯行を計画したのだという。

夫人と甥では血縁が近くないかしら？　とか、養子がそんな簡単に貴族家を継げるものなの？　とか、気になる点は多々あるが、その辺りは私には関係のない話。

……いえ、そもそも事件まるごと私には関係のない話でした。

そんなことより、今の状況――。私は何故、平民服を着たバルディ様と広場のベンチでクレープを食べているのでしょうか？

バルディ様に「事件の報告をしたいんだが、公爵家の庭園と外で会うの、どちらがいい？」と聞かれ、つい「外」と答えてしまった結果だということはわかっている。

それを知ったうちのメイド達が「平民のお嬢様コーデ」で張り切ってくれたことも、ありがたいと思っています。ドレスとは違いふくらはぎが隠れる長さのAラインワンピースにブーツとベレー帽《ぼう》。ベレー帽なんてかなり難しいアイテムよね。ワンピースのウエストをリボンで絞り、上着はショート丈《たけ》のボレロ。見ようによっては制服っぽくも見えるしゴスロリっぽくもある、可愛い。

結果的に気合の入った格好の私と異なり簡素な服装のバルディ様。ごく普通の白いシャツ、黒のベストとズボンだというのに、似合う似合わない以前の問題で、シンプルだからこそ素材の良さが引き立ちすぎて、さらに色気がマシマシです。

「ジフロフ子爵は意識もはっきりとしていて、後遺症《こういしょう》の心配もないそうだ。犯人逮捕にアリシャ嬢が協力してくれたことを話したら、経営するブティックでオレ達の結婚式《けっこんしき》の衣《い》装《しょう》を作ってくれることになった」

……ちょっとバルディ様、何をおっしゃっているのかしら？

ジフロフ子爵様が経営している高級ブティック「デルフィニウム」は王妃殿下も贔屓《ひいき》にしている王都屈指《くっし》の人気店だ。そこで「オレ達の結婚式の衣装」……って、え、まさかと思うけど私が着るとでも思ってらっしゃる？

「無理です。バルディ様と結婚《けっこん》する気もないのに……」

「ジフロフ子爵の厚意《こうい》を無下に断れるのか？　自分の妻と義理の甥に裏切られた男からの感謝の品だぞ？」

「余計に受け取りにくくなる言い回しやめてもらえます？　そもそも、まだ結婚すると決まったわけではありませんから……」

「そうだな。予約は早いほうがいいだろう。採寸に来いと呼ばれているから、アリシャ嬢も予定を空けておいてくれ」

バルディ様、私の話を聞いてーっ。と、断ろうと思ったところで。

「結婚式用のドレスを作る。花婿《はなむこ》はオレ以外……そういった選択肢《せんたくし》もあるんじゃないか？」

え、それでもいいの？　と、お父様にでも聞けば「いいわけあるかっ」とお叱《しか》り一択《いったく》だったのに、他でもないバルディ様がそうおっしゃるから、この時は「おぉ、なるほど。それなら作ってもいいかも」なんて、現金にも頷いてしまった。

人気店でドレスを作る機会なんて二度とないかもしれないもの。

そうよね、先の話はまだわからないし……と気を取り直した私の横でバルディ様が低い声で何かボソボソと言っている。

「他の花婿なんてオレが絶対に許さないが……」

「ん？　なんですか？」

「あぁ、こういった平民の菓子は初めて食べたが、結構、美味《うま》いなって」

屋台で売られているイチゴジャムのクレープを頰張《ほおば》るバルディ様。クレープって三、四口で食べ終わるものかしら？　バルディ様って実はフードファイターではないですよね？

「他には何が食べたいんだ？」

「見てわかりますよね。まだ美味《おい》しくクレープを食べています」

平民のお菓子は安くてボリューム満点なものが多い。大きな口を開けて食べてはいるものの、まだ半分以上、残っている。

「ふぅん。小動物みたいだな」

バルディ様は私が食べているチョコバナナのクレープを取り上げると、今度は二口で食べてしまった。

「あぁっ、私のチョコバナナクレープぅ」

しかも口《くち》の端《はし》にクリームがついていたのを指で拭《ぬぐ》われ、それをぺろりと舐《な》められた！

「こっちのほうがあまいな……」

「なっ……バル……ッ」

あまりのあまい攻撃《こうげき》に、真っ赤になりながらも反撃《はんげき》しようとすると。

「ほら、他に食べたいものはないのか？　アドバイザーの礼になんでも買ってやるぞ」

下町の広場にはいくつもの屋台が並んでいて、たちまち目を奪われた私は、えーっと……と選ぼうとしてハタと気がついた。

何、流されちゃっているの、私。そもそも今日、ここに来たのは事件の報告を聞くため。ならもう用件は済んでいる。

「話が終わったのなら帰ります。明るいうちなら私一人でも帰れま……」

「この後、王都で人気のイチゴタルトの店に予約を入れておいた」

「…………はい？」

「予約が一カ月先まで埋《う》まっている店らしいな。オレの初デートのために公爵家の侍従《じじゅう》が頑張《がんば》ってくれた」

イチゴタルトで有名な……、ええ、知っていますとも。予約枠《よやくわく》はすぐにいっぱいになってしまい、私が食べようと思ったら開店時間前から店に並ぶしかない。

ん？　だけどちょっと待って。聞き捨てならない台詞を聞いたような……。

「初デートってなんですか？」

「婚約者と二人でカフェに行くから、スイーツの美味い店を頼む、と侍従に告げたら『初デートですね！』って言われたんだ。で、確かに女性と出かけるのは初めてだったなと」

そうなんだ……。バルディ様って、絶対すっごくモテるはずなのに、本当にこれまで特定の女性がいなかったんだ。嘘《うそ》じゃない……よね？

「女性を五人くらいぶら下げて歩いてそうな見た目なのに……」

「アリシャ嬢？　今絶対よからぬことをつぶやいただろう。もう一回言ってみろ？　それはどんな状況だ？」

うわぁん、しっかり聞こえてるじゃないですか。しらじらしい！

ぷんすこする私に、バルディ様が笑いながら立ち上がって手を差し出した。

「ほら、他に食べたいものがないなら行くぞ」

迷う。バルディ様のその手を取るべきか、とても、真剣《しんけん》に迷う。

「アリシャ嬢、もう心の中では選んでいるのだろう？」

「バルディ様……」

その通りだ。私の心はもう……、イチゴタルトに完全に囚《とら》われている。私はバルディ様の手を取り、立ち上がった。

「イチゴタルト、相当、美味いらしいな。侍従だけでなくメイドも話していた」

「なかなか予約の取れない人気店ですから！」

そんなの食べたいに決まってる。カスタードが絶品で、イチゴがあまくて大粒《おおつぶ》で、タルト生地はサックサク。美味しいと約束されたようなタルトだもの。

「決して食べ物に釣《つ》られたわけではありませんから」

「あぁ……、わかっている。アリシャ嬢にはまずオレのことを好きになってもらいたいからな。参考までにどういった男が好みのタイプなんだ？」

好みのタイプ……、深く考えたことはないが。

「えっと……、見た目が地味で優しい人？」

バルディ様が「地味……」とつぶやいた後、「難しいな」と首を捻《ひね》る。

「オレは色からして異質だからな……。先祖返りらしく髪も目も黒に近い」

「公爵家の皆様は、黒に近い青ではないのですか？」

「いや、父と兄上は黒に近い紫《むらさき》で、それが本来のファイユーム公爵家の色だ。ここ何代かはずっと兄上と同じ色だと聞いている」

んんん？　ルディス様とバルディ様って同じような色に見えたんですけど？

「兄上のほうが髪色がもっと明るいし、目は紫に近い」

ルディス様の色なんて興味がないためよく覚えていない。それにしても紫って……、アメジストの瞳《ひとみ》とか言われるものかしら。高貴な方によくある設定ね。

「お二人とも似た色に見えますが、違いがあるのですね」

「あぁ、オレの色もファイユーム公爵家の色と言えなくもないが……」

「私の前世は黒髪《くろかみ》に黒目でしたから、バルディ様の色のほうが馴染《なじ》みますけどね。あ、前世の話は他の人には内緒《ないしょ》ですよ」

バルディ様が突然、立ち止まった。つないでいた手にきゅっと力がこもる。

「バルディ様？」

「いや……、アリシャ嬢はなんというか……」

深く長いため息をつくと「色々と心配になってきた」とぼそりと言った。

「何がですか？」

「まぁ、オレと結婚するからいいか。異性の髪の色や瞳の色を褒めると相手に勘違《かんちが》いされるから気をつけろよ」

「ええ、今の、別に褒めたわけでは……、ただ黒髪は見慣れているという話で……」

「あぁ、そうだろうな。ほら、カフェに行くぞ」

こうして上機嫌《じょうきげん》なバルディ様に手を引かれて、大変不本意ながら、私達はお目当てのカフェまでデートのように歩く羽目になったのだった。

残酷な白菫

ラトレス王国ではデビュタントパーティーを年に一回、王城で開催《かいさい》する。

デビュタントパーティーとは、社交デビューしていない十八歳までの貴族子女が、一生に一度の儀式《ぎしき》として行う成人式のようなものだ。

ただ地方貴族ともなると滅多《めった》に王都に来られない。私もヒルヘイス子爵領《ししゃくりょう》で暮らしていたら「来年でも間に合うし」と十八歳ギリギリのタイミングで参加していたことだろう。

しかし今は王都暮らし。クラスメイトから「王都の学園に通っている学生は一年生での参加が一般的《いっぱんてき》」と聞き、今年出ることとなった。

デビュタント用の衣装《いしょう》は白と決まっていて、お母様が着たドレスをリメイク予定だ。

私だって可愛《かわい》いドレスにテンションはあがるが、着飾《きかざ》ったところで見せる相手もいない。

だからデビュタントの準備は両親に丸投げ……いえ任せようと考えていた。

しかしある日の晩餐《ばんさん》の後、両親にそう告げるとお母様に呆《あき》れたようにこう言われてしまった。

「せっかく可愛く産んであげたのに、どうしてそうやる気がないの。バルディ卿《きょう》がエスコートしてくださるのだから、衣装は彼と合わせなさい」

「でもお母様、結婚《けっこん》するかどうかもわからない婚約者《こんやくしゃ》（仮）と衣装を合わせても無駄《むだ》になるのではないでしょうか？　私に公爵家《こうしゃくけ》の嫁《よめ》が務まるとは思えないですし」

「アリシャ……、その前にまずバルディ卿とのことを真剣《しんけん》に考える約束でしょう？　そのような態度は失礼よ」

お母様の言いたいことはわかる。しかし、私の希望は子爵領に帰ってだらだら……いえ、のんびりスローライフなのだ。

でも、だって……とバルディ様に関して消極的な私にお父様が言う。

「アリシャは子爵領に戻《もど》ってから……と言うが、子爵領にいた時も今も、婚約に発展しそうな相手はいなかっただろう？」

「それは……、そう、ですけどぉ……」

「アリシャに前世の記憶《きおく》があることを考えれば、彼は本当にいいお相手だと思うよ？」

「でも、勘《かん》ですよ？　結婚するのに勘って……」

「だから今、お付き合いをしているのだろう？　文句があるのなら父さん達が納得《なっとく》できる相手を連れてきなさい」

お父様の言いたいことはわかる。ただ……、今後起こり得る障害を全部無視して、バルディ様と結婚したい！　とは思えないだけ。

前世の記憶があるからこその弊害《へいがい》というか。だって——庶民《しょみん》感覚がまるで抜《ぬ》けないのだもの！　白馬に乗った王子様に憧《あこが》れるのは、物語の中だけでいいのだ。


デビュタントパーティーの開催日《かいさいび》が近づいてくると、私が通うラトレス王国貴族学園もそわそわと落ち着かない様子になってきた。

　衣装の準備は終わったのか、誰《だれ》と行くのか……とあちこちから話が聞こえてくる。私も親しくしているシーナ・サザランド子爵令嬢《れいじょう》と当日待ち合わせようと話していたのだが。

「あら、アリシャ様はファイユーム公爵令息《れいそく》と行くのでしょう？」

　昼食後の休憩《きゅうけい》時間。中庭のベンチでのんびりしている時にシーナ様にしれっと言われて、私は肯定《こうてい》も否定もできずに固まってしまった。

「そのお顔は……、気づかれてないと思っていらしたの？　二週間くらい前かしら。ファイユーム公爵令息と『デルフィニウム』に行ったでしょう？　その他にも下町の広場や人気のカフェでの目撃《もくげき》証言がたくさんあるわ。お二人が婚約したのではと学園内でももっぱらの噂《うわさ》よ」

「あぁ、外堀《そとぼり》がまたひとつ……」

私は魂《たましい》の抜けた表情でつぶやく。そうか……やたらとバルディ様が私を外に連れ出していたのは、こういう効果も見込んでいたのか。あまいものに釣《つ》られた私の脇《わき》のあまさよ。

ちなみに「デルフィニウム」とは、ジフロフ子爵様が経営している高級ブティックで、先日採寸のためにバルディ様とともに訪《おとず》れていた。私が止めるのも聞かず、バルディ様が山のようにドレスを頼《たの》もうとしていたので、なんとか阻止《そし》しようとした結果……。

「そんなに作らなくてもオプションパーツにすれば一着で何通りにも使えますからっ」

という私の言葉で「それは、何?」「どうやって作るの?」とデザイナーと縫製《ほうせい》担当がわらわら集まってきて、結果的に「カスタムドレスの製作」について企画《きかく》立案する羽目になり、勢いのままプロジェクトが始まってしまった。

私が思いついたのは、アイドルのコンサートでよく見た早着替《はやきが》え。私達が見ている目の前で別の衣装に一瞬《いっしゅん》で変わってしまうあれだ。

「以前より、王妃殿下《おうひでんか》や王太子妃殿下から素早《すばや》く着替えができるドレスの要望がございましたの」

王妃殿下や王太子妃殿下は公務のために短時間で四回、五回と着替えが必要な時がある。お付きの人達が身支度《みじたく》を整えてくれるとはいえ、全部脱《ぬ》いで、また着て……は重労働だ。

前世のオタク趣味《しゅみ》がこんなところで役立つとは……と複雑な心境になった。

一連のあれこれを思い出して遠い目をしていると、シーナ様が「大丈夫《だいじょうぶ》?」と私の顔を覗《のぞ》き込《こ》んできた。

「ファイユーム公爵家のご兄弟はなかなか婚約者をお決めにならなかったから、身辺には気をつけたほうがいいわよ。とあるご令嬢が、自分こそがバルディ様の婚約者だと嘯《うそぶ》いているらしいし……」

「何それ怖《こわ》すぎるんですけど……」

だからハイスペックイケメンとは関わりたくなかったのに。

「ところでその……アリシャ様。婚約者のバルディ様は騎士団《きしだん》にお勤めよね？」

「まだ婚約者（仮）ですが、勤めてますね」

大事なことなので、（仮）は強調しておく。するとシーナ様がモジモジと話し始めた。

「実は私、騎士団に憧れている方がいるの。アリシャ様がご存じなら教えていただきたいわ。黒の隊服で髪色《かみいろ》はサンディブロンド。お年は三十歳前後かしら。三年前に一度お会いしただけでお名前は聞けなかったけど、他の方からは副隊長と呼ばれていたわ」

私の中に、先日ジフロフ子爵邸《てい》でお会いした声の大きな熊体型の人物が思い浮《おも》かぶ。

「包容力のかたまりみたいな笑顔《えがお》の素敵《すてき》な方で、迷子になっていた私をこう……、ひょいと左腕《ひだりうで》で抱《かか》えて、父がいる官舎まで送ってくださったの。その時からお姿を探しているのだけれど……、黒の隊服の方にはなかなか会えなくて」

間違《まちが》いなく先日お会いした副隊長さんですね！

　シーナ様のお父様は騎士団の事務官で、騎士団へ差し入れを届けに行った際に出会ったのだとか。今思えば、黒の隊服がかっこいいと言っていたのは、シーナ様だった。黒の隊服……第五騎士団の皆様《みなさま》は特殊《とくしゅ》任務につくことが多く、捜査班《そうさはん》はあまり隊舎にいなくて、逆に研究班は隊舎からまったく出ないと聞いている。なかなか出会えないのも道理だ。

「あの熊……いえ、その副隊長さんならば心当たりがあるような……ないような」

「まぁアリシャ様！　いるとわかっただけでも収穫《しゅうかく》だわ。それでその……ご存じならひとつだけ、教えてくださらない？　その副隊長様は……、独身？」

　シーナ様の乙女《おとめ》らしい問いに、私はにっこりと笑うだけに留《とど》めておいた。人の好みは千差万別《せんさばんべつ》である。


　後日、デビュタントパーティーの打ち合わせのためにバルディ様が我が家にやって来たので、副隊長さんのことを聞いてみた。

「私の友人であるシーナ・サザランド子爵令嬢が、過去に副隊長さんと会ったことがあるようで、好意を寄せているそうなのです。そこで副隊長さんに婚約者がいらっしゃらないようでしたらシーナ様をご紹介《しょうかい》したいのですが……」

「副隊長と？　確か……、婚約者はいないし付き合っている女性もいなかったはず」

　バルディ様は独りごちるようにそう言いながら、早めに副隊長さんに話を通しておくと約束してくれた。

「デビュタントパーティーは婚約者を探す場でもある。話がまとまれば副隊長のエスコートで参加して、きちんと関係を示したほうがいい」

一人で参加すれば「私は今フリーです」という意味になるからだ。

「そうなんですよね。だとすれば私も今後の縁談《えんだん》に影響《えいきょう》が……」

「それは誰の、今後の縁談に影響が出るんだ？」

しまった、小さくつぶやいたつもりなのに、バルディ様の耳に届いてしまったらしい。

「えぇっと……、バルディ様の？」

「オレはアリシャ嬢《じょう》と結婚するから問題ない。良かったな、この件は解決だ」

ええ……、いや、でもさぁ。なんだろう、この外堀をすごい勢いで埋《う》められている感じ。

「それにしてもあの副隊長がお見合いか……。いい話となるかもな。副隊長の妻がアリシャ嬢の友人ならば、お互《たが》い相談もしやすいだろう」

「妻はさすがに、気が早いと思うのですが……」

副隊長さんと会って、シーナ様が「やっぱり違《ちが》う」って思うことも……いや、ないか。

シーナ様の表情は完全に恋《こい》する乙女だった。

「心配があるとすれば副隊長にダンスが踊《おど》れるか……だな」

パーティーではダンスタイムがある。婚約者がいれば当然、婚約者と踊るわけで……。

「え？　私もバルディ様と踊るのですか？」

「他の誰と踊る気だ？」

「えぇっと、誰とも踊らずに……、隅《すみ》のほうでひっそり過ごそうかと。あとは王宮のお食事とデザートを食べられたら任務完了《かんりょう》と言いますか」

　バルディ様に「はぁ……」とため息をつかれた。

「デビュタントパーティーでのファーストダンスはデビュー令嬢の晴れ舞台《ぶたい》だぞ？　婚約者との仲睦《なかむつ》まじい姿を見せて婚約者共々よろしく……というお披露目《ひろめ》にもなる。オレにとっても可愛い婚約者を皆《みな》に紹介できる絶好の機会だ」

　お披露目なんてしちゃったらますます外堀が埋まるじゃない。なんとか回避《かいひ》する理由はないかと……、思い出した。目立っちゃいけない理由、ありました！

「実は、噂で聞いたのです。バルディ様には『自称《じしょう》婚約者』がいると。公《おおやけ》の場でダンスなんて踊ったらその方を刺激《しげき》しちゃいませんか？」

　途端《とたん》にバルディ様のお顔が険しくなり、なんだか室内の温度も下がったような？　とてもお怒《いか》りのご様子に見えるのですが、私ってば地雷《じらい》を踏み抜《ぬ》いてしまったのかしら。

　ちょっと怖くなって震《ふる》えていると、バルディ様が「すまない」と謝った。

「アリシャ嬢に対して怒《おこ》っているわけではない。その自称婚約者について、だな。昔からとても迷惑《めいわく》している」

バルディ様の婚約者と嘯いている自称婚約者とは、ラウフィーク侯爵家《こうしゃくけ》のヴァイオレット様。年齢《ねんれい》は私よりひとつ下で、白菫色《しろすみれいろ》の真っすぐさらさらな髪にエメラルドの瞳《ひとみ》を持つ、社交界では「白菫の姫《ひめ》」と呼ばれる令嬢だ。

幼い頃《ころ》に王城で開催されたガーデンパーティーでバルディ様と顔を合わせて以来、ストーカー一歩手前の執着《しゅうちゃく》ぶりなのだそう。

男ならば殴《なぐ》って衛兵に突《つ》き出《だ》すところだが、ご令嬢相手では乱暴なこともできない。

「これまでは相手にしないようにやりすごしていたが、今のオレにはアリシャ嬢がいるからな。今後が楽しみですらある」

バルディ様、不敵な笑《え》みまで浮かべて、私に何をさせる気ですか。

「うちは子爵家ですよ？　侯爵家のご令嬢とは張り合えません」

「ははは、張り合う必要などない。オレに可愛がられていればいいだけだ」

「あはは、なぁんだ、可愛がられるだけの簡単なお仕事……」

なわけ、あるかーいっ。それ、自称婚約者を刺激しまくることになって、結果、ますます恨《うら》まれそうな気がします。そうなるとあれやこれやな嫌《いや》がらせもあるのでは？　前世の記憶持ちとしては嫌がらせをはねのけての「ざまぁ展開」に期待しちゃうけど、自分が対《たい》峙《じ》するとなると……根っからのモブ令嬢なので渦中《かちゅう》に飛び込みたくない。

「はぁ……できれば波風立てずに穏便《おんびん》に済ませたいところですが、念のため嫌がらせ対策をしてパーティーに参加しますね。それにしても侯爵家のご令嬢なら私なんかよりよほどバルディ様と身分も条件も釣り合いそうな……」

「オレは好きな子と結婚したい」

トスッと私の胸に矢が刺《さ》さった。気がした。

「な、な、何を……、こ、高位貴族ならば政略結婚も……」

「一緒《いっしょ》に暮らすなら、毎日妻を可愛がりたいし、楽しいほうがいいし、一緒に笑って過ごしたい。アリシャ嬢もそうだろう？」

「それはそうですけど……、バルディ様は顔が良すぎるので、毎日だと精神が削《けず》られます」

「なるほど。確かにオレも毎日、アリシャ嬢の可愛らしい顔を見ていたら仕事に行くのが嫌になりそうだ。だが、幸いアリシャ嬢は第五騎士団のアドバイザー。結婚したら一緒に出勤するのもありだな！」

うわ～ん、もはや何を言われているのかわかりませんっ。


デビュタントパーティー当日。戦いは前日から始まっていた。なんと公爵家から応援《おうえん》のメイドさんが二人も来て、我が家のメイドにその技《わざ》を伝授しつつマッサージやお肌《はだ》のお手入れをしてくれたのだ。さらに当日は朝からフル稼働《かどう》。

今回のドレスは白……なのだが、二重レースの下に紺色《こんいろ》が透《す》ける仕組みになっていて、よくよく見ると全体的に紺色にも見える仕上がりとなっていた。圧の強いバルディ様の希望で、靴《くつ》や髪飾《かみかざ》りもすべて紺色が使われている。

婚約者の髪や瞳の色をあしらったドレス……って、またひとつ外堀を埋められた感が半端《はんぱ》ないが、それはそれとしてドレスは非常に可愛らしい。

自分でも「これはかなりいい感じなのでは」と思っていたが……、迎《むか》えに来てくださったバルディ様を見た瞬間《しゅんかん》、わずかな喜びも吹《ふ》っ飛《と》んでしまった。

紺色のコートに同色のウエストコートで差し色は水色。全体的に地味な色とも言えるのに着ている本人が派手だから、舞台俳優のような存在感を放っている。

そんな絶世の美男子が私を見た瞬間、嬉《うれ》しそうにほほ笑んで「いつも可愛らしいが、今日は本物の妖精《ようせい》のような可憐《かれん》さだな。精霊《せいれい》に誘拐《ゆうかい》されないようにしっかりとエスコートしなくては」なんて言うものだから……引きつった笑顔になってしまいました。

そうして、両親と弟、頑張《がんば》ってくれたメイドさん達に見送られ、すでに精神をごっそり削られた気分で私は公爵家の馬車で王城へと向かったのだった。

馬車から降り、当然のようにエスコートの手を差《さ》し伸《の》べてくれるバルディ様を見て、私はごくりと息を吞《の》む。いよいよ、社交デビュー。

緊張《きんちょう》しつつ会場へと足を踏み入れると、予想した通り、シン……と静まり返った。視線の集中砲火《ほうか》を浴びた後、ざわざわと騒《さわ》がしくなる。

「私……、帰りますっ」

回れ右をして会場を出ようとしたのに、バルディ様にがしっと腰《こし》を摑《つか》まれた。わあん、やっぱり噂の的になってるぅぅ。この婚約は、まだ（仮）なんですぅぅ。

という心の声を今すぐ叫《さけ》びたい。

「アリシャ嬢は往生際《おうじょうぎわ》が悪いな」

「外堀埋めまくっているのはどこの誰です⁉　放っておくといつの間にか（仮）が消えているなんてことに……」

「さ、美味《おい》しいものでも食べようか」

バルディ様、珍《めずら》しくごまかしましたね？　とはいえ、今日はデビュタントパーティー。一生に一度の成人式。こうなったら、ご飯とデザートを食べるまでは帰れません！

デビュタントパーティーは王族だけでなく王宮の重鎮《じゅうちん》も参加している。国王陛下と王妃殿下より祝辞を賜《たまわ》り、宰相《さいしょう》からは「成人した貴族として」の心構えの説明がある。他にもチラホラと高位貴族や高級官僚《かんりょう》がいて、バルディ様に案内された先にはお父君で騎士団団長でもあるファイユーム公爵閣下が夫人とともにいらしていた。

体格はバルディ様とそう変わらないのに、威圧感《いあつかん》がものすごい。私は緊張しながらも淑女《しゅくじょ》としてのカーテシーを披露《ひろう》する。

「ご挨拶《あいさつ》が遅《おく》れ申し訳ございません。ヒルヘイス子爵家の娘《むすめ》、アリシャと申します。ファイユーム公爵閣下並びにファイユーム公爵夫人にお目にかかれて光栄です」

「いずれ家族になるのだ、そんな堅《かた》くならず。そうだな、お父様と呼んでくれても……」

「早いっ！　ではなく……ええっと、恐《おそ》れ多《おお》くて……無理です」

何を言っているのかしら、このイケオジ。息子《むすこ》同様さりげなく外堀を埋めないでほしい。

「父上、アリシャ嬢は慎重《しんちょう》な性質らしくまだこの縁組《えんぐみ》に不安があるようなので……」

バルディ様！　なんだかんだとわかって……。

「早めに公爵家に来てもらい、慣れてもらおうかと」

「おぉっ、それはいいな！」

なかった——っ。全力で押し通されてる！　すると公爵夫人が「あらあら」と止めてくださった。

「そのように大切な話、このような場でするものではないわ」

そうですそうです、勝手に話を進めないでください。ありがたい救いの手に涙目《なみだめ》で頷《うなず》く私に、公爵夫人が美しい笑みを浮かべて言った。

「きちんとヒルヘイス子爵と子爵夫人にご挨拶してからよね。婚約の申込《もうしこみ》の時は用があって私達は行けなかったから、本当に残念に思っていたのよ」

こっちも味方じゃなかった――っ。何故《なぜ》、皆様、そんなに乗り気なのですか？

「あ、あの、我が家は子爵家ですし……」

勇気を振《ふ》り絞《しぼ》って言った私の言葉に、公爵夫人が笑顔で頷く。

「真面目に領地経営をされていて親族争いなどもないそうね。良《い》いご家庭だわ」

「で、ですが、私はこの通り背も低くパッとしない見た目で……」

「まぁ、バルディ」

公爵夫人が「貴方《あなた》、こんなに愛らしい婚約者を褒《ほ》めていないの？」と問《と》い詰《つ》める。

「いえ、伝えているつもりでしたが……」

「まったく足りていないということよ」

「そのようですね。もっと言葉にするようにします」

これ以上？　勘弁《かんべん》してください、私を殺す気ですか？　褒め殺しって言葉があるくらいですから、褒めすぎるのも厭味《いやみ》ですよ。本気だとしたら、なお悪い。

「あ、あのっ、大丈夫です。バルディ様は十分、褒めてくださっています」

「まぁ、どのように？」

「はい？」

「きちんと褒めることができているのか知りたいわぁ、聞きたいわぁ」

「………え？　それは、もち、ろん……え？」

「い、言うの？　バルディ様に会う度《たび》「可愛い」って言われてます！　って言うの？　それどんな羞恥《しゅうち》プレイ？　顔から火を噴《ふ》きそうなほど恥《は》ずかしい。

あわあわしていると公爵夫人に笑われた。

「ふふふ、その様子だと、ちゃんと言葉にしているようね。随分《ずいぶん》と可愛らしいお嬢さんだこと」

「母上、アリシャ嬢をからかうのはおやめください。それをして良いのはオレだけです」

「いえ、バルディ様もやめてくださいっ」

ついに声に出して突っ込んでしまったが、幸い公爵夫妻には笑われただけだった。

どっと疲《つか》れた公爵夫妻への挨拶を終えたところで音楽の演奏が始まり、王太子夫妻のダンスが始まった。

「さて、そろそろだな」

バルディ様に声をかけられて諦《あきら》めの境地で頷く。

ダンスはどちらかと言えば得意なほうだ。子爵領にいる時から弟と一緒にダンスレッスンをしていたし、王都に来てからは授業でも習っている。

だからまったく心配をしていなかった。踊ることに関しては。

「バ、バルディ様、近いです、近い、顔が近いぃ……」

「ダンスを踊るのに体を離《はな》すほうが踊りにくいだろう。それにオレ達の場合は身長差がある。くっついていたほうが……、ほら」

回転する時にふわっと体が浮いた。

「オレの妖精は羽根のように軽いな」

「いえいえいえ、ちゃんと、体重、ありますから。人間ですからっ」

「踊る時は相手の顔を見ろと教師に教わらなかったのか？」

「うぅ……、教わりましたけどぉ」

バルディ様のお顔をチラッと見るだけでなく見つめ合うのはかなり恥ずかしい。だって優《やさ》しい瞳でほほ笑んでいるのですもの。こんなあまい顔を直視し続けないといけないなんて、今すぐにでも逃《に》げ出《だ》したい。

「意外だな。これまでどんなに押してもダメだったのに……ダンス一曲でそんなに照れられると、期待するぞ」

耳元でささやかれるのも恥ずかしい。おかしい。ダンスはスポーツ感覚で、誰が相手でもこんなにドキドキしたことなんてなかったのに。

「それは、バルディ様が……」

「オレが？」

視線も声もあまくて、いい匂《にお》いまでする。痺《しび》れるほど糖度が高すぎるっ。絶対、熟したメロンよりあまい。

「うぅ……、メロン……、マンゴー……、糖度が高くてもバナナはちょっと違うぅ」

なんとか気を紛《まぎ》らわせようとしていると、バルディ様がますます笑う。

「そんなに腹が減っているのか？　あと少しだ。頑張れ」

なんとか踊り切って、輪から外れた。つ……、疲れた。

疲労困憊《ひろうこんぱい》していると、さらなる刺客《しかく》のルディス様が相変わらずの胡散臭《うさんくさ》い笑顔でやって来た。

「やぁ、アリシャ嬢。社交デビューおめでとう」

「アリガトウゴザイマス」

思わず棒読みで返してしまった。

「くく……、随分と機嫌《きげん》が悪そうだが……、まぁ、いい。少しバルディを借りるよ」

「はい、喜んで！」

前世の居酒屋か！　というテンションで応えてしまった。だって、バルディ様の顔がさっきからまともに見られないのだもの。離れられるのはありがたい。

しかし、バルディ様がルディス様に「少し待ってください」と断りを入れて、私をテーブルのひとつに座らせた。

「すぐに戻る。ここでデザートでも食べて、おとなしく待っているように」

そう言うと給仕《きゅうじ》に声をかけて、デザートを頼んでくれる。それとオレンジジュースも。

「勝手に動くなよ」

そんなに念を押されると、まるで自らトラブルに巻き込まれに行くヒロインのフラグみたいじゃないですか。けどおあいにく様。私はもともと壁《かべ》の花……エキストラ令嬢Dでいるつもりだったのだ。デザートを食べるだけならば断わる理由はない。バルディ様に可愛がられるだけのお仕事より百倍簡単です！

機嫌よく頷く私にバルディ様は苦笑《くしょう》しつつ、ルディス様と連れ立っていく。

二人の姿が見えなくなってから、私は用意されたデザートプレートと向き合った。二口くらいで食べられそうなショートケーキにガトーショコラ。丸いのはたぶんチーズケーキで、フルーツのジュレが三種。オレンジ、白桃《はくとう》、ブドウかしら。大きな丸いお皿に見栄《みば》えよく配置され、フレッシュフルーツやソースで飾《かざ》りつけられている。前世の食レポではないけれど、デザートの博覧会やぁ……、と目で楽しんだ後、実食。

……とデザートフォークを手にしたところで、テーブルに置かれたオレンジジュースのコップがいきなり倒《たお》され、私のドレスにジュースが思い切りかかってしまう。

何が起きたのかよくわからず、顔をあげると見知らぬ令嬢達四人に囲まれていた。

ひと際美しいご令嬢がバサッと扇《おうぎ》を広げて見下すような視線を私に向ける。

「バルディ様がお気の毒だわ。こんな平凡《へいぼん》な子が婚約者だなんて」

「ヴァイオレット様の美しさに比べれば野ネズミのように貧相《ひんそう》だこと」

「家柄《いえがら》もヴァイオレット様に遠く及《およ》ばずでしょう」

「まぁ、皆さん、そうおっしゃらないで。こちらの……あら名前を存じ上げないから野ネズミさんでいいわよね。こちらの貧相な野ネズミさんが可哀相《かわいそう》だわ。低い家柄も醜《みにく》く生まれてしまったこともご本人ではどうにもできないことですもの」

お、おう……。こちらの超攻撃的なご令嬢が噂のヴァイオレット様か。私より年下と聞いていたが、皆、デビュタント恒例《こうれい》の白ではなく、カラフルなドレスを着ている。

クスクスと笑いながら私のことを「下級貴族の田舎者《いなかもの》」「平凡」と揶揄《やゆ》してきた。それ自体はただの事実。ええ、ええ、確かに私はエキストラ令嬢D。否定する材料がないし、ここで声を荒《あら》らげるつもりもないが……。

「貴女《あなた》は婚約解消される身なのだから、身《み》の程《ほど》をわきまえなさい」

婚約解消は望むところですが、なんだろう？　他人《あなた》に言われる筋合いはないです……というモヤモヤが。

この取り付く島がない令嬢達にどう対応すべきか考えていると。

「アリシャ嬢！」

大きな声がして、四人のご令嬢がビクッと肩《かた》を震わせた。声の主を確認《かくにん》するとバツが悪そうにそそくさと離れていく。

颯爽《さっそう》とその場に現れたのは、バルディ様――ではなく第五騎士団の副隊長さんだった。

彼の影《かげ》からクラスメイトのシーナ様がひょこっと顔を出す。

二人がご一緒ということは、先日バルディ様にお願いしたお見合いが成立したということかしら。

「アリシャ様、大丈夫……ではなさそうね」

ジュースで汚《よご》れた私のドレスを見て、シーナ様が給仕係を呼んでくれた。ひとまずテーブルと床《ゆか》にこぼれたオレンジジュースを掃除《そうじ》してもらう。

そして私の濡《ぬ》れたドレスを拭《ふ》こうとしてくれたのだが。

「え、どういうこと？　シミが……ない!?」

「ふふ、すごいでしょう。ジフロフ子爵領の最新の生地《きじ》なのよ」

実はこのドレス、撥水《はっすい》機能が備わっており、完全ではないが液体を弾《はじ》いてくれる優《すぐ》れものなのだ。

「ジフロフ子爵様のお店に行った時に、デザイナーや縫製の皆さんとお話する機会をいただけたの。ほら、私、食《く》いしん坊《ぼう》でしょう。万一食べこぼしてしまったら恥ずかしいと相談をしたら、ちょうど良い生地があると仕立ててくださったの」

まさにこんな低レベルな嫌がらせにはうってつけのドレスだ。

「何かあったのか？」

話しているところにバルディ様が帰ってきた。「いえ、何も……」と言いかけた私を、シーナ様が「ダメよ」と止める。

「僭越《せんえつ》ながら申し上げます。アリシャ様がヴァイオレット・ラウフィーク侯爵令嬢とそのご友人方に囲まれ、わざとオレンジジュースをこぼされた挙げ句、因縁《いんねん》をつけられておりました」

それを聞いたバルディ様がたちまち眉間《みけん》に皺《しわ》を寄せた。

「彼女か。すまなかったアリシャ嬢。やはり君の側を離れるべきではなかった」

「いえ、大したことではないですわ。こんな事態も予測してドレスを誂《あつら》えたわけですし」

「しかし……」

バルディ様が気にされているようなのでちょいちょいと袖《そで》を引いてコソコソと話す。

「こうなる可能性は、前に話しましたよね。嫌がらせのひとつやふたつ、みっつやよっつはあると思っていました」

「そんなにあってはダメだろう」

「飲み物でドレスを汚されるのなんて、嫌がらせのうちにも入りませんよ。これがエスカレートすると、頭上から水や生ゴミを撒《ま》かれ、階段からの突き落としに加え、馬車で轢《ひ》かれそうになるだとか、果ては破落戸《ごろつき》を雇《やと》って攫《さら》われるなんて展開も……」

そうして隣国《りんごく》に売り飛ばされそうになったところを王子様に救出されて、ざまぁし返すまでがお約束展開。ま、私はエキストラ令嬢Dなので、ざまぁはしませんけれど。

よくあることですよ、こんなの全然平気ですよ、って言いたかっただけなのに、バルディ様はますます険しいお顔になってしまった。

「アリシャ嬢は、平気なふりがうまいな」

ん？　バルディ様、何かおっしゃいました？　珍しく独り言？

「いや、なんでもない。オレが守ると言ったのに……申し訳なかった。まったく……、兄上から厄介《やっかい》な話を聞いたせいで一層気が重い」

胡散臭男《うさんくさお》……もといルディス様に何か言われたのかしら。

結局私のデビュタントパーティーは、その後のさらなる嫌がらせを懸念《けねん》し、早々に退散することとなってしまった。さらば……王宮のお料理と極上《ごくじょう》スイーツぅ……。


帰りの馬車で、バルディ様がルディス様からの「厄介な話」の内容を教えてくれた。

「ラウフィーク侯爵から、娘であるヴァイオレット嬢に関して相談があった」

「ヴァイオレット様……バルディ様の『自称婚約者』ですね」

「ああ。先ほどの件でもわかる通り、彼女の問題行動が増えているらしい」

家庭教師の授業をサボる程度ならまだましなほう。気に入らないと教師に物を投げつけ、その場でクビにしてしまう。メイド達にも暴力をふるい、間に入った侯爵夫人に「使用人を躾《しつ》けただけ」と開き直る。

部屋で謹慎《きんしん》しているようにと伝えても勝手に出かけて、お気に入りの店だけでなく、紳《しん》士倶楽部《しくらぶ》……成人した貴族男性が集まる怪《あや》しげな店にも出入りしているとか。

一番の困り事は、行った先々で「私の婚約者はバルディ様」と吹聴《ふいちょう》していること。

「幼い頃にヴァイオレット嬢に一目惚《ひとめぼ》れされて婚約を打診《だしん》されたが、オレはまったく好きになれそうもなかったので断っている」

ファイユーム公爵家とラウフィーク侯爵家で何度かやりとりをしたが、最終的にバルディ様の「絶対に無理」という意見が尊重された。

バルディ様の中ではすでに終わった話だが、ヴァイオレット様はまったく諦めていないという。デビュタントパーティーもバルディ様が参加する年に合わせて参加している。婚約者でもないのにつきまとう行為《こうい》は子どもだとしても許されないと思うが、侯爵様が娘可愛さで、黙認《もくにん》していたようだ。

いつかバルディ様と結婚する……そう信じていたところに降《ふ》って湧《わ》いた「バルディ様の婚約者」。どこの誰ともわからない女に奪《うば》われたとヴァイオレット様は思い込んだ。

私は下級貴族ではあるけれど、前世の記憶持ちであるため国から保護されている。不本意ながら第五騎士団のアドバイザーでもあるので、高位貴族の令嬢とは別枠《べつわく》で、国にとって有益となる（かもしれない）人材だ。しかし、安全面を考慮《こうりょ》してこのことは公表されていないし、私もしたくない。

となると、その他大勢のエキストラ令嬢Dにしか見えないわけで……。

ヴァイオレット様は今までの比ではないレベルで大荒《おおあ》れに荒れているそうだ。

「ラウフィーク侯爵達の言うことも聞かなくなり、無理に従わせようとすると自傷する勢いで暴れるらしい。予想以上に手がつけられない状態だな」

「かといって放置もできない……というわけですね？」

「その通りだ。兄上にもそう言われた」

ルディス様曰《いわ》く「ヴァイオレット嬢の醜聞《しゅうぶん》はすでに内密に処理できる段階ではない。ラウフィーク侯爵夫妻も娘にあますぎて話にならない。これ以上悪化させないためにも、バルディが引導を渡《わた》してこい」とのこと。

さすが腹黒策士ルディス様。引導を渡すも何も、バルディ様は勝手に一目惚れされて付きまとわれているだけの被害者《ひがいしゃ》なのに……。

「だからアリシャ嬢。一緒にラウフィーク侯爵家の夜会に参加して、そこできっぱりオレ達が婚約したことを宣言しよう」

「謹《つつし》んで、お断り、いたします！」

なんでそうなるの⁉　冗談《じょうだん》じゃない！　巻き込まれたバルディ様には同情するけれど、そんな宣言をしたらなし崩し的に婚約することになってしまうじゃないの。

「ダメか？　オレと夜会に参加するのは、どうしても嫌か？」

バルディ様にとても哀《かな》しそうに言われた。くぅ……なんだか垂れた耳と尻尾《しっぽ》が見える。その声と顔は卑怯《ひきょう》……。ついほだされて「いや、別に、どうしても嫌ということではなく……」とごにょごにょ言ったが最後。

「そうか、ありがとう！　では五日後、迎えに行く。ヴァイオレット嬢にオレの婚約者が可愛い天使だってことを見せつけよう」

バルディ様が満面に笑みを浮かべた。

「ちょっ、まだ（仮）ですから！　それにヴァイオレット様と争う気はありませんからね！」

「もちろんだ。争わなくても勝負は決まっている」

バルディ様が馬車の中でひょいと私を抱えて自分の膝《ひざ》に乗せた。

「アリシャ嬢の完全勝利だ」

「いや、どさくさに紛れて私を抱えないでくださいっ！」

「婚約宣言をするからには、オレ達の距離《きょり》も詰めていかなければ。頑張って慣れてくれ」

「もう！　言葉がっ、通じないいっっっ！」

「君といると元気をもらえる。これでヴァイオレット嬢も諦めるだろう。感謝している」

そんな笑顔で言われても……。

悔《くや》しいから目の前にあった綺麗《きれい》にセットされた前髪《まえがみ》をくしゃっと崩《くず》してやる。それでもバルディ様は嬉しそうで、小さな声で「君のことが本当に大好きだ」とつぶやいた。

ぐぬぬ……、反応したくないのに勝手に顔が真っ赤になる。一生懸命《いっしょうけんめい》顔をそらしたけれど、近すぎる距離に、バルディ様にしっかりと見られ、また「可愛い」と言われてしまった。

こうしてデビュタントパーティーの翌日にはラウフィーク侯爵家からバルディ様のもとに夜会の招待状が届き、私はバルディ様の正式な婚約者として乗り込むこととなり……またまた気合を入れた準備をすることになった。ちなみに（仮）はまだ諦めていない。

本日のドレスは薄紫色《うすむらさきいろ》で、差し色にはファイユーム公爵家の濃紺《のうこん》や紫《むらさき》が使われている。さらりとした薄《うす》い生地を重ねたドレスで、デザインに関しては私も希望を出していた。

バルディ様のエスコートでラウフィーク侯爵家の広間へと移動する。さすが侯爵家、フィーター侯爵家に負けず劣《おと》らずの大邸宅《だいていたく》だ。

あまりキョロキョロしないようにしなくては……と思いつつも、ついつい見回してしまう。フィーター侯爵家は絵画が多かったように思うが、ラウフィーク侯爵家は花瓶《かびん》や陶器《とうき》の置物、ガラス工芸品が多く飾られていた。

会場内に入ると、バルディ様に一人のご令嬢を紹介される。

「護衛訓練を受けているうちのメイドだ。相手がプロでもそれなりに対処できる」

「お初にお目にかかります。ボネット男爵家《だんしゃくけ》の娘、カリンと申します。今後、アリシャ様がお出かけになられる際などはバルディ様の同伴にかかわらず護衛任務につかせていただきます」

カリンさんは普段《ふだん》は距離を置いて私を見守っていてくださるそうで、本当に危機が迫《せま》った時だけ助けにきてくれるそうだ。こういうの……知ってる！　隠密《おんみつ》ってやつだ。

「ドレスの下に暗器とかいろいろ仕込んでいそう……」

ぼそりとつぶやくと、「何故、それを」とバルディ様とカリンさんに驚《おどろ》かれた。戦闘《せんとう》メイドのスカートの中に秘密がいっぱい隠《かく》されていることはお約束でございます。

ともかく、本日はヴァイオレット様に私達の婚約を宣言し、以後行動を慎《つつし》むよう説得するのが主目的。

私が一人になればヴァイオレット様が何かやらかすだろうから、その現場を押さえてバルディ様が颯爽と登場し、諦めさせようという計画になった。

適当なところで私はバルディ様と離れて一人になる。実際はカリンさんが気配を消して側にいるはずだけれど、すごいわ、私以上のエキストラ令嬢っぷり。どこにいるのかわからない。是非《ぜひ》、その技を学び……。

パシャッ。

あからさまにドレスにワインをかけられた。

あらあらあら……前回がオレンジジュースで今回はワイン。飲み物の種類を変えただけとは少々芸がないのでは……。内心苦笑しながら視線を向けると、ヴァイオレット様がそれはもう楽しそうに私を見下していた。

「ドレスが汚れてしまったわね。誰か、ヒルヘイス子爵令嬢を休憩室にご案内して」

目がまったく笑っていないヴァイオレット様の笑顔が怖いです。思っていた以上に危ない人だなと、内心呆気《あっけ》にとられながらも平静を装って答える。

「お気遣《きづか》いは無用ですわ」

侯爵家のメイドが慌《あわ》てて側に来たが、にっこり笑って断った。すると、ヴァイオレット様が意地悪く首を傾《かし》げる。

「遠慮《えんりょ》なさらないで。うちのメイドは優秀《ゆうしゅう》ですの。急いだほうがよろしいわ」

「結構です。この程度、すぐに落とせますもの」

きっぱり断る私にヴァイオレット様はイラッとしたようだが、人目のない休憩室だなんてまさに飛んで火に入《い》る夏の虫。行ったら最後、何をされるかわかったものではない。

ヴァイオレット様の口調が荒れてきた。

「みっともないから、休憩室に行きなさいと言っているのよ！　バルディ様に恥《はじ》をかかせるつもり？」

取り巻きのご令嬢達も「ヴァイオレット様に逆らうなんて」「恥知《はじし》らずね」と参戦してきた。そこに――。

「アリシャ嬢、どうした？」

満を持してバルディ様ご登場。彼は私のドレスの惨状《さんじょう》を見て眉《まゆ》をひそめた。

「バルディ様、申し訳ございません。せっかく贈《おく》っていただいたのに……」

「まぁバルディ様！　ヒルヘイス子爵令嬢のドレスでしたら、我が家が責任を持って綺麗にいたしますわっ」

ヴァイオレット様が興奮気味に割って入ってくる。

「さ、ヒルヘイス子爵令嬢を休憩室へ。その間、わたくしがバルディ様を歓待《かんたい》させていただきますわ。バルディ様が我が家にいらっしゃるのは久しぶり……」

「心配には及ばない」

バルディ様が平坦《へいたん》な声で遮《さえぎ》った。

「婚約者であるアリシャ嬢をオレの側から離す気はないし、歓待も不要だ」

そう言うと、すっと私の腰に手を回し、ドレスの紐《ひも》をほどいて薄い生地を一枚はがした。布をくるくると丸めて、側に来ていたメイドに「処分してくれ」と渡す。

「うん、大丈夫。他は汚れていないようだな」

わざわざひざまずいて染《し》みのあった場所を確認するバルディ様の過保護ぶりに、ヴァイオレット様が信じられないものを見るような顔をしている。

「騒がせたな。では失礼する」

華麗《かれい》にその場を離れようとしたものの、ヴァイオレット様がバルディ様の右腕《みぎうで》をガッと摑んだ。

ビックリした。私はもちろん、バルディ様も驚いた顔をしている。婚約者でもない男性の腕《うで》を摑むなんて、貴族令嬢としてありえない行為だ。

「お、お待ちください！　バルディ様にそのような女、ふさわしくありません。子爵家出身の、これといった取《と》り柄《え》もなく、見た目だって平凡、むしろ並み以下っ。その他大勢の一人ではありませんか。バルディ様にはもっと高貴な、美しい女性がふさわしいと思いますの。えぇ、誰もが認める家柄、容姿、資産……、そう、わたくしのような。彼女には何ひとつございませんわ！」

バルディ様がふっと笑った。ヴァイオレット様も釣られてパァッと笑う。

けど、私は心の中で「ヤバい、この笑顔は、ヤバい……」と冷《ひ》や汗《あせ》が流れた。

「ほう……アリシャ嬢が、何ひとつ持たないと？」

「そうですわ。バルディ様にとって、何ひとつ、ふさわしいものがございませんっ！」

ヴァイオレット様がバルディ様の右腕に自身の腕を絡《から》めて、左側にいる私に向かって言った。

「貴女も身の程をわきまえて下がりなさい。バルディ様の温情にすがりついてみっともない。どんな汚《きたな》い手を使ったのか知らないけれど、誰も貴女のことなど認めはしないわ」

ヴァイオレット様の勢いが増したが、逆にバルディ様はますます目が据《す》わってきた。

「そうか、なるほど……」

「バ、バルディ様……」

さすがにマズい、と袖をクイッと引いてみたが、もはや手遅《ておく》れのようだ。

「オレがいつ、家柄や資産を望んだ？　そんなものオレには必要ない。容姿はオレの好みの問題で、アリシャ嬢は世界一可愛く、可憐で、たまらなく愛《いと》しい存在だ。他人にとやかく言われる筋合いはない。オレが可愛いと思っているのだから、異論は認めない」

「ぐはっ……」

ヴァイオレット様にその他大勢令嬢と罵《ののし》られたことより、バルディ様に「可愛い」を連呼されるほうが私のダメージ、大きいのですが？

「で、でもっ、子爵家で……」

「それがラウフィーク侯爵令嬢になんの関係がある。オレが決めたことに口を出されたくない。不愉快《ふゆかい》だ」

「ババババ、バルディ様、もう行きましょう。騒ぎを起こしてはいけません」

今度は強く腕を引き、下から彼を見上げて懇願《こんがん》するように必死になってお願いをした。

バルディ様は何故か「オレの婚約者が可愛い」とつぶやいて天を見上げる。

しかし怒りはおさまらないようで、ヴァイオレット様の腕を振りほどいて言《い》い募《つの》った。

「オレのアリシャ嬢が可愛らしいからといじめないでもらおうか。今回はオレの最愛の婚約者のために見逃《みのが》すが、次があれば公爵家から正式に抗議《こうぎ》する」

いや……、世間一般的に見ればヴァイオレット様のほうが美少女ですよ？　私、己《おのれ》をよく知るエキストラ令嬢Dなので。

そうしてようやくヴァイオレット様達から離れたところで、バルディ様に褒められる。

「アリシャ嬢が言っていた通り、休憩室になんて連れて行かれたら、今頃誘拐《いまごろゆうかい》されていたかもしれないな。撥水性《はっすいせい》の生地を取り外すだけで事なきを得たが……まったく、アリシャ嬢の発想には毎度驚かされる」

いやいやいや、それは高級ブティック「デルフィニウム」の皆様の知識と技術力のおかげで、私はほんの少しアイデアを出しただけです。

「それにしても情報通り過激なご令嬢でしたね。これで大人しく引き下がってくれると良いのですが」

「あぁ……、昔はここまでひどくなかったと思うのだが……」

ヴァイオレット様は淑女としての矜持《きょうじ》を忘れてしまったかのようにまったく感情を隠せていない。

私としては想定の範囲内《はんいない》だから「やれやれ」といった気持ちだ。ドレスの効果もあって、しっかり婚約者アピールはできた……と思いたい。これでバルディ様を諦めてくれたら丸くおさまるのだが……とため息をついた三十分後。

ラウフィーク侯爵家に若い女性の悲鳴が響《ひび》き渡《わた》った。

夜会のホールにまで響く声……ということはかなり近い場所だろう。

バタバタとラウフィーク侯爵様とそのご子息がホールを出て行き、夫人が「心配いりませんよ」と穏《おだ》やかな笑顔で招待客を宥《なだ》めていた。

バルディ様と私が事態を見守っていると、侯爵家の執事《しつじ》と思われる初老の男性が私達のもとへ駆《か》け寄《よ》ってきた。

「主人が是非、ファイユーム公爵子息様のお力添《ちからぞ》えをお願いしたいと申しております」

第五騎士団所属のバルディ様に応援を要請《ようせい》……ということは、事件ですね！

「では、私は先に帰らせて……」

笑顔でその場を去ろうとしたのに、がしっとバルディ様に腰を抱《だ》かれた。決して色っぽい行為ではなく、いわゆる捕獲《ほかく》系《けい》の。

「行くぞ」

「私に拒否権《きょひけん》は？」

「あると思うか？」

「質問に質問で返さないでください。えっと……私はエキストラ令嬢Dですし、バルディ様のお仕事の邪魔《じゃま》になってもいけませんので帰ります」

「安心しろ、アリシャ嬢の役割はオレの婚約者で、第五騎士団のアドバイザーだ。ところでエキストラとはどういった意味だ？」

「へ？　えっと……その他大勢的な端役《はやく》？」

「面白《おもしろ》いことを言うな。アリシャ嬢はいつだってオレの前ではヒロインだ」

「ワァ、全然嬉しくない……」

必死で抵抗《ていこう》を試みたものの力で敵《かな》うはずもなく、強制連行されてしまった。

向かったのは休憩室のひとつ。部屋の入り口に侯爵家の騎士が二人立っている。

中は適度な広さ、落ち着いた装飾《そうしょく》、大きめのソファと一人用のソファが三つ。テーブルは小さめで、部屋の隅に水の入ったポットと使われていないグラス……が置かれていただろう痕跡《こんせき》。

陶器で作られた花瓶は砕《くだ》け散《ち》り、ガラスの破片《はへん》が散乱するなど部屋の中はだいぶ荒れていて、ソファの前には仰向《あおむ》けで倒れている男性。その胸にはナイフが突き立てられていた。

侯爵様と侯爵令息が、悲痛な面持《おもも》ちで「なんてことを……」と嘆《なげ》いている。

悲鳴が聞こえてすぐにこの部屋に飛び込んだ侯爵様と侯爵令息は、倒れている男性に覆《おお》いかぶさるヴァイオレット様を目撃したという。驚いて引きはがすと、男性の胸にはナイフが刺さった状態で、すでに事切れていた。

犯人は探すまでもなく、ヴァイオレット様で間違いないようだ。

「バルディ卿が婚約されたことをその目で確かめれば、諦めてくれると思ったのに……、あの子はもう、ダメだ……。昔は……、昔はもっとよく笑って……」

うわごとのように言う侯爵様に侯爵令息も頷いている。

「妹はまるで別人になってしまった。こんな恐ろしいことを仕出かすなんて……」

二人の話しぶりからすると、ヴァイオレット様は幼い頃とは人が変わったようになってしまったということだろうか。

衝動的《しょうどうてき》に人を殺してしまうことは、もしかしたらあるかもしれない。けれど、そこに至るまでには、必ず何らかの理由が存在する。

「心臓を一突《ひとつ》き……フィーター侯爵家でも思ったけれど、貴族令嬢には無理だよね」

いや、もしかしたら護衛のカリンさんのように特別な訓練を受けていればアリ？　そういえばドラマで見たあの場面――確か……肋骨《ろっこつ》があるから、刃物《はもの》を横にして……。

「こう……、グサッと……」

「アリシャ嬢？　草がどうした？」

「はい？　あっいえ！　お気になさらずに」

危ない危ない。想像の中で包丁持ってたわ。脳内で再現ドラマを演じてしまった。

バルディ様はいつもの私の悪いクセが出たと思ったのか、それ以上言及《げんきゅう》はせず侯爵様にヴァイオレット様の様子を確認した。

「娘は引きはがされた後、急におとなしくなり……、反応がないため見張りをつけて自室で休ませております」

「そうですか……。では、令嬢が起き上がれるようになったら知らせてください。彼女からも事情を聞きたい」

バルディ様の言葉に侯爵様と侯爵令息が力なく頷いている。

私は改めて室内を見回した。

相当暴れた様子だ。飾られていた美術品のほとんどが床に散乱している。侯爵様達が到《とう》着《ちゃく》した時、ヴァイオレット様は被害者に覆いかぶさっていたという。とすれば、部屋で暴れた後、男性を刺殺《しさつ》した？

「う～ん、でもヴァイオレット様に刺殺は難しい気がするなぁ」

部屋で暴れたのはヴァイオレット様だとは思うが……。

改めて被害者の外傷を確認する。致命傷《ちめいしょう》は胸に刺さったナイフで間違いなさそう。

……でも普通《ふつう》、避《よ》けるよね？　男女の力の差もあるわけで、ヴァイオレット様を止めるなりなんなりするよね？　なのに真正面からナイフが刺さっている。男性の両手に防御創《ぼうぎょそう》もなさそう。

私の気のせいでなければ、男性は笑っているようにも見える穏やかな死に顔だ。

「不可解すぎる……」

「何がだ」

バルディ様が私のつぶやきに反応する。

「男性の死因はナイフで刺されたことによるものだと思いますが」

バルディ様の正面に立ち、私はナイフを持ったふりをする。

「このように正面から刺しに行った場合……」

ナイフを突き出すふりをすると、すっと避けられた。

「抱き留めたいところではあるが……、真面目に考察すると、避けるな」

「ですよね？　普通、避けますよね。か弱い貴族令嬢がナイフを持ったところで、そこまでの脅威《きょうい》にはならないはずです」

令嬢同士ならばいざ知らず、相手は成人男性。避けて、さっさと部屋の外に出れば殺されることはなかったはずだ。

「部屋の荒れ具合から、ヴァイオレット様が激昂《げきこう》して怒りのままに男性を刺したのだとは思いますが、本当にヴァイオレット様が刺したのかと聞かれると……、極《きわ》めて難しいと思います」

「非力だからか？」

私は首を横に振った。

前世で何回も（テレビで）見ましたもの！

「ここを見てください。ナイフが肋骨の影響を受けないよう、横向きで差し込まれていま す。そんな知識、ヴァイオレット様にあるとは思えません」

私は法医学ドラマで見た覚えがあるが、普通はそんなこと知らないと思うし、知ってい ても相手が防御したり逃げたりすれば一撃《いちげき》で急所を刺すことは難しい。

「確かに……訓練を受けていたとしてもこれほど綺麗に刺せるかはわからないな」

バルディ様も考えるように顎《あご》に手を当てる。

「この男性は……逃げなかった。その理由は……実はものすごくラウフィーク侯爵令嬢を 愛していて、あえて抵抗しなかった……とか？」

「いやいやいや、バルディ様、殺されてもいいほど愛してる、だなんて……」

前世のドラマじゃないんだから、とうっかり続けようとしてかろうじて呑み込んだ。そ んな展開あるわけないない。

「あのう……ちょっとよろしいでしょうか」

そこに突然《とつぜん》、女性の声が割り込んできた。振り向くと、休憩室の入り口で一人の令嬢が真っ青な顔をして右手をあげている。おやおやおや、彼女はヴァイオレット様の取り巻きのお一人ではありませんか。顔だけはなんとなく覚えておりますよ。

「ヴァイオレット様とヴィーマ様の関係について、私からご説明いたします」

「ヴィーマ様？」

私とバルディ様は二人して「誰それ？」ときょとん顔になった。

聞けば彼女は、この場で起きた一部始終を見ていたそうだ。悲鳴をあげたのも取り巻きの彼女達。もっとも三人いたご令嬢のうち二人は早々に気絶してしまい、見ていたのも助けを呼んだのも気絶しなかった彼女一人だけ。

ほら、バルディ様！　世の中には気絶しない令嬢もいますよ！　とドヤ顔でチラチラバルディ様を見たけれど、「集中しろ」と叱《しか》られた。解《げ》せぬ。

彼女は真っ青な顔色ではあったが、気丈《きじょう》にも詳細《しょうさい》を語ってくれた。

亡《な》くなった男性はヴィーマ・サントマリー男爵。年の頃は三十歳過ぎ。

どこで出会ったのか数年前から男爵はヴァイオレット様の手足となり、買い物、護衛、情報収集など、とにかくヴァイオレット様の僕《しもべ》のように働いていたという。

それははたから見ても、絶対服従の主従関係として映っていた。

「ヴィーマ様はヴァイオレット様が望めば紳士倶楽部や遊興場……賭《か》け事《ごと》の施設《しせつ》へも案内

しておりました。評判を落とすような行いは私達が諫《いさ》めるべきですが……」

男爵に任せておけばヴァイオレット様は機嫌よく過ごして、周囲に当たり散らすこともない。かかる費用もすべて男爵が用意している。男爵は誰よりもヴァイオレット様の扱《あつか》いがうまかったので、周囲もつい任せてしまっていた。

そんな彼が今夜、初めてヴァイオレット様に逆らったという。

ヴァイオレット様がヒルヘイス子爵令嬢……つまり、私をここで襲《おそ》うように指示した
（やっぱりそうだった！）が、計画はあえなく失敗。

それに逆上したヴァイオレット様に男爵が笑いながら言ったそうだ。

「その性格ではファイユーム公爵家に嫁《とつ》ぐのは無理ですよ。バルディ卿だってヴァイオレット嬢のように心が醜い女性より、可憐な花を選ぶでしょう」

「なんですってぇ……」

「ほら、その顔。まるで物語に出てくる悪女のようだ」

そのまま口論となり、へらへらと笑いながら暴言を吐《は》く男爵にヴァイオレット様がいよいよぶちキレた。目についた物を男爵に投げつけて、室内に飾られた美術品を手当《てあ》たり次第《しだい》に壊《こわ》していく。

そんなヴァイオレット様に男爵がナイフを手渡《てわた》した。

「殺したいほど憎《にく》いですか？　いいですよ。殺し方を教えてあげましょう。ナイフの持ち

方、狙《ねら》う場所、角度、これは予行練習だ。貴女はきっと取り返しのつかない罪を犯《おか》す。バルディ卿に嫌《きら》われ、家族に見放され、孤独《こどく》の中で……唯一《ゆいいつ》の味方であった私を思い出す」

男爵は幸せそうに笑って言った。

「思い出したところで私はもうこの世にいない。今、ここで貴女に……白菫の姫に殺されるのだから！　あぁ、貴女は憎しみで顔を歪《ゆが》めていても美しい！」

取り巻き令嬢の位置から、ヴァイオレット様の背中とその正面に立つ男爵は見えていた。

ただ……手元は見えなかった。

だけど、何が起きたのかはわかってしまった。崩れ落ちる男爵と、男爵に引っ張られるようにして倒れ込むヴァイオレット様。非力な令嬢でもナイフに体重を乗せて押し込めば、致命傷となり得る。

男爵が倒れた姿と異様な空気に令嬢達が悲鳴をあげた。

すぐに侯爵様達が飛び込んで来て、その時にはもう男爵は絶命し、ヴァイオレット様もほぼ意識がない状態だったという。

――えぇ……話を聞く限り、バルディ様の「実は愛してた説」が正解だったってこと？　愛する人になら喜んで殺されますって？

ドラマの中ならば「そんなに好きだったのね」と思えても、現実で起きるとどうにも信じがたく思ってしまう。これはあれかな、私に恋愛《れんあい》経験がないから？

この後は今回の事件における背景を、男爵の邸宅《ていたく》に赴《おもむ》いて捜索《そうさく》することとなった。

ヴァイオレット様には見張りがついた状態で自宅軟禁《なんきん》となる。

犯人がほぼ確定している事件のため、この段階で私が介入《かいにゅう》する必要はないのだけれど、いつものように「ではここで」とは言えなかった。どことなく私の良心が痛む。

しかし、結果的に私は良心など捨て去れば良かったと……、サントマリー男爵の邸宅になど行かなければ良かったと……後に、随分と落ち込むことになってしまった。


サントマリー男爵邸は王都の貴族街ではなく商業地区にあった。男爵は独身とのことで、こぢんまりとした邸宅だ。使用人も通いの老夫婦《ろうふうふ》二人だけで、毎日決まった時間に出勤して掃除くらいしかしていないとのことだった。

玄関《げんかん》を入ると少し広めのエントランスホールがあり、一階に書斎《しょさい》、寝室《しんしつ》が作られていた。あとは厨房《ちゅうぼう》などの水回り。二階はほとんど使われていなかったそうだ。

「わしらは男爵様がこのお屋敷《やしき》を購入《こうにゅう》された時から働いております。面倒《めんどう》だからとすべて一階で事足りるように改装されました。わしらがすることと言えば……、掃除と、あとは消耗品《しょうもうひん》の補充《ほじゅう》くらいでしょうか」

老夫婦は「秋までの給金を前払《まえばら》いでもらっているから」と、この日も掃除のために訪れていた。男爵の訃報《ふほう》はまだ知らせていない。

邸内《ていない》の捜索はバルディ様と私、それに第五騎士団のワンコ系騎士とクール眼鏡騎士の四人のみで行うことになった。正直、何を探せば良いのかがはっきりとしていない上に、高位貴族が関わっている。情報漏洩《ろうえい》を防ぐために衛兵隊の応援は呼ばないことにした。

四人でとにかく、ヴァイオレット様との関連を示すものを見つけ出そうと話す。

私もまずは……と使っていなかったという二階を調べて、次に一階を見て回る。全体的に物が少なかった。執務室《しつむしつ》にさえ必要最低限の物しか置かれていない。

貴族の屋敷でよく見る美術品は小さな絵が一枚だけで、花瓶や置物はひとつもない。クローゼットの中の衣装も少なく、日常に困らない程度。日記や手紙の類いは見つからなかった。

あるとすればどこだろう？

ベッドの下？　引出しの奥？　いろいろ探してみたが、隠し場所の定番である二重底にもなっていなかった。

「庭に穴を掘《ほ》って埋めたとか？」

ワンコ系騎士が閃《ひらめ》いた！　と喜び勇んで言う。幻覚《げんかく》かな、耳と尻尾をぶんぶん振ってるように見える……。

「いや、大切なものは庭に埋めないのではないか？　ラウフィーク侯爵令嬢に好意を抱いていたのなら、彼女に関するものは誰にも触《さわ》らせないような場所にしまい込み、かつ時々取り出して眺《なが》めたりするのではないだろうか」

え……バルディ様、案外そういうタイプ？

いや、前世の記憶でも推《お》しグッズはそうでした。眺められるように取り出し可能な範囲にしまってました！　でも、親に見つからないよう本に偽装《ぎそう》カバーをかけたり布団《ふとん》の下に隠したり、ちょっと小細工していたよねぇ。

この屋敷の中で唯一気になるものといえば……、一枚だけ飾ってあった絵画。白菫の花が描《えが》かれているから、この絵にヒントが隠されているのではないかしら。

バルディ様にお願いして絵を壁から外してもらったが、壁に隠し金庫などはない。では絵は……、普通の油絵のようだ。私でも両手で持てるサイズ。おかしなところはなさそう。念のため額縁《がくぶち》から絵を外して調べてみたが、やはり不審《ふしん》な点は見つからなかった。

「推理ドラマならすっごく怪しいアイテムなのになぁ……」

ぼやきながら絵を額縁に入れて元に戻そうとした時、小さく「カタッ」と音がした。慌てて絵を持って振ってみるが何の音もしない。気のせいかな……と再び額縁を触ると。

「音……、してる？　バルディ様、この額縁を調べてください」

バルディ様が額縁を振ると小さくカタカタと音がした。

「鳴っているな。組み立てが合っていないのか？」

「たぶん、額縁の枠内《わくない》に何か入っているのだと思います」

額縁は二センチ以上の厚みがあり、装飾の施《ほどこ》されたものだ。

「よく見ると継ぎ目《つめ》がある。ここか……」

右側面の枠《わく》を外すと、案の定、中は空洞《くうどう》。そこから小さな鍵《かぎ》が転がり出てきた。

おお、それっぽいアイテム発見！　で、この鍵は一体何の鍵か？　という話よね。

屋敷内を捜索したところ、この鍵のサイズに合う鍵穴《かぎあな》なんてどこにもなかった。鍵穴のついたオルゴールや文箱《ふばこ》もない。大きさが違うので、扉《とびら》や引出しに合うわけもない。

でもどこかに鍵のかかった何かがあるはず。

「オレ、二階に見落としがないか探して来る」

ワンコ系騎士が二階へと向かい、クール眼鏡騎士も「男爵が入りそうもない場所を念のため」と厨房へ向かった。

「バルディ様、先ほど大切なものはしまい込まずに眺める……とおっしゃってましたよね。バルディ様ならどういった所に隠しますか？」

バルディ様はじっと私を見下ろした。

「サイズ的にも……小部屋……とか？」

「小部屋！」

なんのサイズかわからないけど、そうよね……！　秘密の小部屋は推理ものの定石じゃない！　なんでそれが思い浮かばなかったの私！

私は改めて執務室を見回した。この部屋は窓を背にして左手に寝室があり、右手に飾り棚《だな》と書棚《しょだな》が置かれている。あとは壁。

「お約束なら書棚かな？」

でも、書棚はさっき確認している。扉と引出しに鍵穴はなかった。とすれば、側面？　バカ正直に隠し扉の鍵穴を見える位置に作らないだろうから、上か下か？

どこかに鍵、鍵を差し込む場所……、と目を皿のようにして探してみると、上のほうに窪《くぼ》みが見えた。あれかな？

けど、手が届かなーいっ。くぅ、とぴょんぴょん飛び上がっていると、バルディ様に鍵を取り上げられた。

「ずっと見ていたい可愛らしさだが、たぶん捜査を優先したほうがいいんだろうな」

「当然ですっ！　鍵穴があるのなら差し込んでくださいさい。きっとこの書棚が動きます」

バルディ様が自分の背より少し上くらいの位置に鍵を差し込んだ。カチッと音がして、書棚がまるで引き戸のように横にスライドする。

「やった！　開いた……っ⁉」

喜びの声をあげたのもつかの間、すぐに絶句する。

現れた部屋は……隠し部屋というか前世で言うまさに「推し部屋」だった。

壁を埋《う》め尽《つ》くすほどヴァイオレット様の肖像画《しょうぞうが》が飾られ、机の上のガラスケースにはおそらくヴァイオレット様ご使用のリボンやハンカチがコレクションされている。ジャムを入れるような瓶《びん》には白菫色の髪の毛が集められていた。他にも乾燥《かんそう》した食べかけのパンやら、口紅の跡《あと》がついたティーカップやら、見ているだけで鳥肌《とりはだ》が立つようなものが所《ところ》狭《せま》しと並べられている。

「男爵はヴァイオレット様の忠実な僕ではなく、ストーカーだったんだ……」

「ストーカー？　なんだ、それは？」

「ええと……、前世の知識で言うつきまといの犯罪行為です。単なる知り合いなのに交際していると思い込んだり、別れることに納得せずに相手を追いかけ回したり。最初は純《じゅん》粋《すい》に好きという気持ちだったのかもしれませんが、途中《とちゅう》から独占欲《どくせんよく》とか一方的な執着に変わったりします」

相手の感情を無視して動くようになるため、余計に嫌われる。

男爵はヴァイオレット様に頼《たよ》りにされていたようだけど……、結婚できるかどうかは別問題。男爵の身分では侯爵様が許さなかったと思うし、何よりヴァイオレット様はバルディ様に恋焦《こいこ》がれていた。

机の引出しを開けると日記というよりもヴァイオレット様の行動記録が出てきた。半年に一冊ペースで書き上げられている。

三年前の日付から始まっており、ヴァイオレット様の一挙一動がしたためられていた。

さらに一年ほど前からは嫉妬《しっと》や憎悪《ぞうお》の感情も書かれるようになり、しかもヴァイオレット様の素行が悪くなっていくのをわざと煽《あお》り、自らの手で変わっていく彼女を愉《たの》しんでいるような箇所《かしょ》もあった。

「ん？　ミリアン商会？」

読み進めていたバルディ様が、不審げな顔をする。記載《きさい》はこうだ。

『ミリアン商会のとある噂を聞いた。頭が冴《さ》えるような爽快感《そうかいかん》を味わえる紅茶があるという。続けて飲めば己の信念を貫《つらぬ》き、自分らしく生きられるようになる——と。嘘《うそ》だと思ったが、大金を渡して裏ルートで入手したところ、確かに心が落ち着いてすっきりとしたような気がした』

何度か飲むうちにこのお茶を手放せなくなり、飲まないと落ち着かないことが増えていき——ヴァイオレット様にもすすめ、彼女も飲むようになったと書かれていた。

以降、男爵の日記は、自身とヴァイオレット様の破滅《はめつ》を願うものへと変わっていく。

最後はこんな言葉で日記が終わっていた。

『君に殺されたらどれほど幸せだろうか。きっと君の心に永遠に住むことができる。そしてこのお茶を君が飲み続けてくれたなら、そう待たずに私達は再会できるだろう』

「男爵は、自ら愛する令嬢の凶刃《きょうじん》に倒れた——ということで間違いなさそうだな」

なんとなしにバルディ様と目を合わせ、同時にため息をつく。

「ヴァイオレット様は攻撃的《こうげきてき》な性格でしたものね」

「確かにあの令嬢ならば、言われるがままにナイフを手に突進《とっしん》しそうだ。特に煽られればな」

　前世で言うところの煽り耐性《たいせい》ゼロですね。

「バルディ様の推測通りでしたね……。前世の知識をもってしても、私には理解しがたい愛憎劇《あいぞうげき》ですが」

　するとバルディ様が何故かじっと私を見下ろす。

　私の顔に、何か？

　バルディ様は「いや」とかぶりを振ると、ワンコ系騎士とクール眼鏡騎士を呼んだ。

　推し部屋に入るなり二人とも絶句している。わかる、『推し』というものに対する知識がないと理解が追いつかないですよね。オタク耐性のある私でも、集められた髪の毛には「ひょぇえええぇ」となりましたもの。

「今すぐラウフィーク侯爵令嬢のところに向かう。ミリアン商会から手に入れた紅茶、というのが気になる。令嬢ももう気がついた頃だろうし、直接本人に話を聞いてくる」

「了解《りょうかい》～。でもその紅茶って何なの？」

「それを調べたい。ここは頼んだ」

「えええ、こんな気持ち悪い部屋に置いていくなよぉ……」

　ワンコ系騎士の言い分は痛いほどわかる。ただ、「ミリアン商会」って最近どっかで聞いた気がするんだよね……どこだったっけ。それに「飲むとすっきりするお茶」って……怪しさしかない。

　バルディ様は足の速い連絡係《れんらくがかり》に先触《さきぶ》れを頼むと、私と二人で馬車に乗り、ラウフィーク侯爵家へと向かう。連絡を入れていたおかげか、わざわざ玄関の外で、ラウフィーク侯爵令息が私達を待っていた。

「バルディ卿。お待ちしておりました。ヴァイオレットも目を覚まし、卿が訪れることを伝えております」

「急にすまない。それで……」

「バルディ様！」

　嬉しそうな少女の声が響いた。屋敷の二階、バルコニーから身を乗り出すようにしてヴァイオレット様が無邪気《むじゃき》に手を振っている。

「バルディ様、わたくしに会いに来てくださったのですね。今、参りますわ！」

　そこからはまるでスローモーションのようにゆっくりと時間が流れた。

　弾《はじ》かれたように走り出したバルディ様。それを追う侯爵令息。

　ヴァイオレット様の背後からは、護衛と思われる騎士と取り巻きのご令嬢の姿が見えた。二人とも手を伸ばしている。

バルコニーから……、落下していくヴァイオレット様。

何かがぶつかる音。

悲鳴。


何もかもが悪夢のような時間だった。


結果的にバルディ様は間に合わなかったが、ヴァイオレット様は植え込みの上に落ちたおかげで一命をとりとめた。すぐさま侯爵家の手配した医者が呼ばれ、適切な処置を受けたため命に別状はないという。

あまりの事態に珍しくぼやきもつぶやきも出ない私に、さすがに申し訳なく思ったのか、バルディ様は「男爵から贈られた」という茶葉だけ急ぎ回収し、帰途《きと》につくことになった。

帰りの馬車に乗るなり、バルディ様は私を自身の膝の上に抱え上げる。

「あの……、何故また膝の上に？」

「そうしたほうがいい気がしたからだ」

ソウデスカ……。普段ならば絶対に拒否するところだが、今はそんな気も起きない。精神的にものすっっっごく疲れている。

アルク様は最低な浮気男《うわきおとこ》だったし、元子爵夫人とその甥《おい》は世の中をなめ切った不倫《ふりん》カップルだったから、捕《つか》まって当然だと思えた。でもヴァイオレット様は……バルディ様を愛していた行動が行きすぎただけ。しかも側にいたはずの男爵は、味方ではなく彼女を破滅に追いやったストーカーで……。

「アリシャ嬢、本当に、すまなかった……オレは、事態をあまく見すぎていた」

バルディ様の苦渋《くじゅう》に満ちた声で、心の底から謝ってくれているのがわかる。確かに見なくていいものを見すぎてしまったけれど、それを全部バルディ様のせいだと言うほど、私も子どもではない。

「謝らなくていいですよ。私自身は大した被害を受けていませんし」

「アリシャ嬢……オレの前でだけは強がらないでくれ。怖かっただろう？」

確かに男爵の部屋は常軌《じょうき》を逸《いっ》してて怖かったし、何よりヴァイオレット様の空中ダイブは心底恐ろしかった。助かって本当に良かった。

あの情景を思い出してぶるっと震えてしまった私を、バルディ様が優しくあやすように抱きしめてくる。

――そうか、これが人肌《ひとはだ》の癒《い》やしというやつか……。

私はバルディ様に身をゆだねたまま、しばしその温《ぬく》もりに浸《ひた》る。

安心する――。

バルディ様が愛おしむように私の頬《ほお》をするりと撫《な》でた。そのまま頤《おとがい》を持ち上げられる。

バルディ様と目が合うと、彼は痛ましげな表情で私を見つめていた。

あぁ。今回の件を心から申し訳なく思ってくれている……。

そう実感して、私も応えるようにバルディ様の頰に手を添《そ》えた。そして――。

むにっ。

バルディ様の頰を思いっ切り引っ張る。

「でしたら今後、二度と！　事件現場に私を連れて行くのはおやめください」

「それは断る」

「えええええ！　反省してくださったのではないのですか？」

「反省はした。だが後悔《こうかい》はしていない。それに今回のことで実感した。アリシャ嬢はやはりオレと一緒にいるべきだ」

どうして！　どうしてそうなるの!?　私があまりの驚きに口をぱくぱくしていると。

「こうして一緒に分け合えるからだ。喜びも、痛みも……、やり切れなさも」

「……っ」

さすがに、ぐっと来てしまった。

「だ、だからといって婚約は別問題ですからね！」

「あぁ、わかってる」

そうして私達は、特に何かを話すわけでもなく、お互いの温もりを分け合いながら、しばし穏やかな時間を過ごした。

ヴァイオレット様は一週間ほど寝込《ねこ》んだようだが、医師と家族が付きっ切りで看病をしたおかげか、順調に回復しているとのことだった。

今後彼女には、男爵の死に関与《かんよ》した罪が重くのしかかる。ラウフィーク侯爵様もそれは覚悟《かくご》しているとのことだ。

しかし、ようやく目覚めたヴァイオレット様は、幼い頃のような屈託《くったく》のない笑顔で両親達に声をかけたという。

「あなたたちはだぁれ？」

残酷《ざんこく》な白菫は自身の罪も決死のストーカー男のこともすべて忘れてしまい……、二度と苦しまぬよう、社交界から儚《はかな》く消えたのだった。

咲く桜、散る桜

季節は春から夏へと移り変わっていた。前世の蒸《む》し暑《あつ》い夏に比べるとこの国は湿度《しつど》が低く、過ごしやすいが暑いものは暑い。薄手《うすで》のワンピース一枚で過ごしたいところだが、外出するとなるとそうもいかない。

バルディ様からは「カジュアルなカフェに行くから楽な服装で」と連絡《れんらく》が来ていたので、私の装《よそお》いは裕福《ゆうふく》なおうちのお嬢様《じょうさま》コーデになった。水色のワンピースにレース編みのカーディガン。靴《くつ》は厚底サンダルで、リボンで編み上げている。

向かったのはカフェが併設《へいせつ》された焼き菓子《がし》専門店。

店から少し離《はな》れた場所にある待機所に馬車を停《と》めて、バルディ様のエスコートで馬車を降りる。平民街の中でも比較的《ひかくてき》高級店が並ぶエリアだ。

「バルディ様、こちらではどのようなお菓子が提供されているのですか？」

「クレープだ。それを食べる直前に燃やす」

「燃やす……？」

まさか消し炭にするわけではないよね？　クレープ・シュゼットのことかしら。焼き上がったクレープを小さめのフライパンに入れ、バターやオレンジ果汁《かじゅう》、リキュールなどを使って仕上げる前世でも大人気だった、フランス発祥《はっしょう》のデザートだ。

「リキュールのアルコールを炎《ほのお》で飛ばして風味だけを残すデザート……」

「何故《なぜ》それを……、アリシャ嬢はこの店に来たことがあるのか？」

「いいえ、初めてです」

いけないいけない。すぐ口が滑《すべ》る。

「どんなデザートなのか、とても楽しみです」

バルディ様がホッとしたようにほほ笑《え》んだ。

「それは良かった。炎のパフォーマンスは特別感があり、より一層美味《おい》しく感じるそうだ」

「いつも素敵《すてき》なお店をご紹介《しょうかい》くださる侍従《じじゅう》さんの情報ですか？」

「ああ、そのうちアリシャ嬢にも紹介しよう」

バルディ様とデートする度《たび》、私の好みを的確に突《つ》いてくる侍従さんにはかなり興味がある。

「出身はどこなんだろう……」

「アリシャ嬢？」

「身分はおそらく子爵《ししゃく》家か伯爵家《はくしゃくけ》。うちと大差ないと考えればそりゃ好みも合う……きゃっ」

いきなりバルディ様に子ども抱《だ》っこをされた。左腕《ひだりうで》一本で私を軽々と抱《かか》えている。

「な、なんですか？」

バルディ様は「ハァ……」とため息をついて呆《あき》れたように言う。

「また声に出ていたぞ。うちの侍従は伯爵家の出だが、妻と娘《むすめ》が三人いる。アリシャ嬢と好みが合うわけではなく、女四人に鍛《きた》えられて必然的に女性の好みに詳《くわ》しくなっただけだ」

「な、なるほど……？」

バルディ様が私を抱えたまま店に向かって歩き出した。

「バルディ様？　あの、自分で歩きます」

「どうすればアリシャ嬢に好きになってもらえるのかわからない」

スタスタと歩きながらバルディ様がつぶやく。そんなことを言われたら私だって。

絶対に好きになることはないと強く言い切ることができたら……とは思うものの、実際バルディ様自身のことはそこまで嫌《いや》じゃない。

というより、話しやすいし意外と優《やさ》しいし、こうしてデザート巡《めぐ》りにも付き合ってくれる。しかも一緒《いっしょ》に食べて、ああだこうだと感想まで言い合える。それはちょっと楽しい。

このまま友達以上恋人《こいびと》未満な感じで付き合っていけるならいいけれど……。

前世であれば、多少身分の差があっても、お付き合いは可能だったかもしれない。自然と覚悟《かくご》を決められたかもしれないし、整ったバルディ様のお顔にも慣れたかもしれない。同棲《どうせい》とかしちゃって、一緒に生活用品とか買いに行って、あぁ、この人と結婚《けっこん》するんだなって心の準備もできて……。

だけど、それだって想定しているのは普通《ふつう》の結婚まで。事件と死体は謹《つつし》んでご辞退《じたい》申し上げますっ。


……と本当にお願いしたわけではなかったものの、バルディ様も何か思うところがあったようだ。ヴァイオレット様の一件以降、二人でカフェや平民街の屋台巡りなどをして、事件とは関係のない夏休みを過ごさせてもらっている。

私は捜査《そうさ》から離れていたが、第五騎士団《きしだん》の研究班は、連日泊《と》まり込《こ》みでヴァイオレット様から回収した紅茶について調べていた。結果、この紅茶には、とある薬物が混入されていることがわかった。

少量の摂取《せっしゅ》だとすっきりとして元気になったような気がするが、飲み続けると精神《メンタル》が不安定になるそうだ。

サントマリー男爵《だんしゃく》の日記からミリアン商会が販売元《はんばいもと》だとわかっているが、日記だけでは証拠《しょうこ》にはならない。男爵が自ら紅茶に何か混入したのでは……とミリアン商会に白を切られたら、その可能性を否定できないからだ。それに、ミリアン商会以外の商会が密売している可能性もある。

そのため、国内で売られている茶葉がすべて調べられた。

結果、流通している茶葉からは検出されず、男爵の日記にあった「ミリアン商会に大金を渡《わた》して裏ルートから入手」という情報をもとに、裏ルートに関わっている人物にあたりをつけ、探し出す予定だそうだ。

「ミリアン商会」といえば、もうひとつ。ジフロフ子爵夫人とその甥《おい》も、商会から取り寄せた紅茶を飲んでいた、という情報をバルディ様が思い出したのだ。さっそくジフロフ子爵家で押収《おうしゅう》した茶葉を調べたところ、同様の成分が検出された。

彼らにそれとなく紅茶について聞いてみたが、ミリアン商会から入手したということ以外の情報は得られず、今後は彼らの交友関係からも探《さぐ》りを入れていくとのことだ。

こんなヤバい紅茶が、裏ルートとはいえ流通している事態を重く見て、今はミリアン商会の関与《かんよ》を暴《あば》くべく、第五騎士団一丸となって捜査に当たっている。

私にできることはもはや何もなく、今度こそ埋没系平凡令嬢《まいぼつけいへいぼんれいじょう》Eとして静かに暮らそうと思っていた。

さて、このところ平民コーデの多いバルディ様だったが、今日は久しぶりに貴族服で私を迎《むか》えに来た。私も久しぶりに貴族令嬢らしい華《はな》やかなドレスを着ている。

シアン・ジフロフ子爵様から「相談したいことがある」と第五騎士団に連絡があり、バルディ様と私で訪問することになったのだ。子爵家とミリアン商会には浅からぬ縁《えん》があるため、聞き取り捜査も兼《か》ねている。

「子爵様のお怪我《けが》はもうよろしいのですか？」

向かう馬車の中で尋《たず》ねると、バルディ様は「あぁ」と頷《うなず》いた。

「そう聞いている。すでに仕事に復帰しているが、馬車での移動は負担があるため自領地へは戻《もど》っていないそうだ。ジフロフ子爵は王都で店をいくつか経営しているからな」

「子爵様のお店はどこも繁盛《はんじょう》していますものね」

「流行《はや》りに敏感《びんかん》で柔軟《じゅうなん》な思考の持ち主なのだろう」

話すうちに馬車が子爵邸《てい》に到着《とうちゃく》し、私達はすぐに応接間へと案内された。

初めてお会いした子爵様は、噂通《うわさどお》りとても温厚《おんこう》そうな方だった。

「先日は大変、お世話になりました」

深々と頭を下げる子爵様のお年はちょうど四十歳。少しぽっちゃりしていて、人相や雰《ふん》囲気《いき》に優しげな人柄《ひとがら》がにじみ出ている。

屋敷《やしき》で働く人達も以前より柔和《にゅうわ》な表情になっていて、屋敷全体が明るくなった印象だ。

応接間にお茶が準備された後、子爵様が少し困り顔で頭をかいた。

「義甥は労役《ろうえき》、タニア——元妻は実家であるヴァレル準男爵家に返し、離婚《りこん》の手続きも終わりました。これですべて解決したと思っていたのですが……」

傷も治り、以前の生活に戻って日々の仕事をしていたところ、元妻タニアが手のひら返しで再婚《さいこん》しましょうと突撃《とつげき》してきたという。

子爵様は当然、断った。

毎日届く手紙に毎度断りの文言を綴《つづ》り、ある時は門前払《もんぜんばら》いで面会もせず、ある時は馬車の前に飛び出してきても、すげなく断った。……なんとか轢《ひ》かずに済んだが、こんな行為《こうい》が続けば危険極《きわ》まりない。護衛騎士が怒鳴《どな》りつけるようにして追《お》い払《はら》うが、一向に諦《あきら》める気配がないのだという。

「話がまったく通じないのです……」

子爵様が疲《つか》れた声でため息をついた。

元妻が呪文《じゅもん》のように「違《ちが》うの、あの子に騙《だま》されていたの、本当に愛しているのは貴方《あなた》だけ！」と叫《さけ》びながら縋《すが》りついてくるなんて、恐怖《きょうふ》でしかない。

「タニアの行動に触発《しょくはつ》されたのか、今度は私の親戚《しんせき》連中まで騒《さわ》ぎ始めまして……」

いい人がいるからと矢のように見合い話が持ち込まれるようになったのだとか。

バルディ様が「どうしようもないな」と肩《かた》をすくめる。

「そういった輩《やから》は放っておくしかないでしょう。子爵が毅然《きぜん》とした態度を取り続けるしかありません」

「放置が一番だと思います」

私もバルディ様に同意した。

「それにしても、あのおとなしそうだった方が……」

私が儚《はかな》げ美人を思い出しながらつぶやくと、子爵様は眉《まゆ》を下げて言った。

「彼女はもう後がないですからねぇ」

実家に帰ったところで居場所はない。年齢的《ねんれいてき》に良《い》い条件の縁談《えんだん》も望めない。加えて姉の嫁《とつ》ぎ先《さき》のミリアン商会からの援助《えんじょ》も期待できない。むしろせっかく養子に出した息子《むすこ》がバカな真似《まね》をしたのは妹であるタニアのせいだと逆恨《さかうら》みされているのだとか。

「そういえば……、子爵は彼女達が別邸《べってい》でよく飲んでいたという紅茶を飲んだことはありますか？」

バルディ様の問いに、子爵様が少し思い出すようにしてから頷いた。

「タニアにすすめられて一度だけ飲んだことがありますが、どうも体質に合わなかったのか頭が痛くなってしまって、私には出さないようにと指示していました。タニアが言うにはごく一部の選ばれた人だけが買える、商会おすすめの高級茶葉とのことでしたがねぇ」

高級という側面から、茶を口にしたのは子爵様、元妻、甥の三人だけだったという。

「あの紅茶が何か？」

「いえ、別邸で毎日のようにお茶会をしていたと聞いたので……、事件の調査で別邸に置かれていたものを押収してしまい、ご迷惑《めいわく》ではなかったかと思っただけです」

「あぁ、構いませんよ。二人の荷物は処分するつもりでしたから。売れるものは売って、あとは焼き捨てようと家令達とも話しておりました」

気持ち的にはすべて焼き払いたいが、元妻のドレスは一点物で高価な宝石もあしらわれている。そこは商売人として、リメイクして安価で売却《ばいきゃく》予定とのことだ。

子爵様だけでなく屋敷全体が深刻なトラウマを抱えてしまっている。そこに元妻が復縁《ふくえん》を迫《せま》ってくるのだから、とても心穏《こころおだ》やかには過ごせないだろう。

私は何か良い方法はないかと考えて言った。

「そうだ、気分転換《てんかん》にちょうど良い知り合いがいます。エメリー・リヒーヤという男爵令嬢で、私より五つ年上のすっごくサバサバした快活な女性です。平民街の中でも治安の良い区域に店を持っていて、特別な日に着る服、帽子《ぼうし》、バッグから小物までをトータルコーディネートで提案しているんですよ」

私が彼女の店に入ったのは偶然《ぐうぜん》で、価格帯が手頃《てごろ》で品質も安定していたため何度か通い、仲良くなってからはオーダーメイドで頼《たの》むようになった。

前世の記憶《きおく》から着想した桜の花びらをイメージしたワンポイントマークは、エメリー様もすごく気に入ってくれて、サクラシリーズとして商品化されている。

エメリー様は私の発想がすごいと褒《ほ》めてくれたけど、それは前世の記憶の情景がこの世界にはないものだからだ。本当にすごいのは店を経営し、素人《しろうと》のアイデアを商品化して、社会貢献《こうけん》まで考えられるエメリー様のほうだと思う。

発想力や行動力を持つ人というのはどの業界でも重宝される。家でだらだらとサスペンスドラマを見ながらお菓子をモシャモシャ食べていた私とは雲泥《うんでい》の差《さ》である。

「エメリー様は結婚願望がまるでなく、仕事が生きがい。ファッションに関しては革新的な女性でとてもポジティブな方です。子爵様ともお話が合う気がします」

「なるほど。領地とは関係のない店を訪ねてみるのは良いかもしれませんね」

「ただ……、貴族慣れしていないと言いますか、子爵様だと知られると恐縮《きょうしゅく》して気軽に会話できないかもしれません。一旦《いったん》ご身分は隠《かく》し、商人として紹介させていただきたいのですがよろしいですか？」

「もちろんです。私は普段《ふだん》から商人みたいなものですからね」

バルディ様がちょんちょん……と私の腕《うで》をつつく。

「オレも身分を隠したほうがいいか?」

思わず子爵様と目を見合わせてしまった。大前提として、無理だと思います。普段から
まったくオーラを隠せていないもの。

「バルディ様は今回お留守番で……」

「は?」

地を這《は》うように低いバルディ様の声。

えええ、だってバルディ様みたいな迫力《はくりょく》イケメンがついてきたら、絶対エメリー様が
ビックリして恐縮しちゃう。そうしたら子爵様の身分を隠す意味が……。

「い、一緒に! バルディ卿《きょう》もぜひご一緒ください。そのほうが私も安心です」

子爵様が慌《あわ》てて取りなしてくれた。

うーむ。不本意ではあるが、仕方ない、か……。一応婚約者《こんやくしゃ》(仮)であるバルディ様を
差し置いて、子爵様と二人で行動するわけにはいかないものね。

「わかりました。では三人で行きましょう」

バルディ様が満足そうに頷いた。

「アリシャ嬢、わかっている。オレも平民のような服装で行けばいいのだろう?」

「そうですね。エメリー様が驚《おどろ》かれるので極力、地味めにお願いします」

「大丈夫《だいじょうぶ》だ。何度か一緒に平民街に行っただろう? アリシャ嬢の可愛《かわい》らしさに店主が

おまけをくれることはあっても、オレのほうはスルーされている。つまり、オレのほうが馴染《なじ》んでいるということだ！」

いやいやいや、得意げになってるのはちょっと可愛いけど、違いますからね。「お嬢さん、超《ちょう》カワイイね、ほいおまけ」は商売人の定型句。バルディ様に対しては「絶対に関わっちゃダメな気がするから見ないふり」しているだけですよ。むしろ「むちゃくちゃ意識されている」の間違《まちが》いですから！

「アリシャ嬢の友人と会うなら婚約者として恥《は》ずかしくない装いをすべきだが……、それはまた別の機会としよう」

悔《くや》しそうに言うバルディ様に、子爵様が「それ以前に服装でなんとかなる問題なのでしょうか？」と首を傾《かし》げている。正解です。服装ではどうにもなりませんっ。

それにしてもエメリー様にバルディ様という婚約者（仮）を紹介せねばならぬ日が来ようとは……。平民感覚で話せる、学園外でできた唯一《ゆいいつ》のお友達だったのに。私の気楽に生きよう埋没系平凡令嬢計画がぁ……。

私の心の叫びもむなしく、エメリー様の店に、三人で訪《おとず》れることになった。

エメリー・リヒーヤ男爵令嬢は栗色《くりいろ》の髪《かみ》の色白美人で、私と似たり寄ったりの体格だが、とにかくパワフルな女性だった。黙《だま》っていると清楚《せいそ》でおとなしそうに見えるが、ハキハキと話すし、迷うことも立ち止まることもない。

彼女は若くして将来のこともすぐに決めてしまったそうだ。

「私は結婚するのが難しいから、大好きな小物作りで商売をしようって思っていたの」

彼女には事情があり良い条件の家には嫁げない。商売をするのならば王都のほうが客も多いだろうと、単身で家を飛び出してきてしまった。さすがに家族が慌てて、お兄さんがエメリー様の開業を手伝ってくれたのだという。

そんな彼女の来歴を話しながら、店の前は道幅《みちはば》が狭《せま》いからと離れた場所に馬車を停め、バルディ様、子爵様とともに歩いて店に向かった。

「エメリー様、こんにちは」

カランコロンと店のドアにつけられたベルが鳴る。

「あら、アリシャ様、いらっしゃ……」

お客様向けの笑顔《えがお》を見せていたエメリー様が、私の隣《となり》にいるバルディ様を見て目を丸くした。光の速さで私の腕を引き、店の奥へと連れて行く。

「アリシャ様ってばなんて生き物連れて来るの。あれは平民の店に入れちゃダメなお方よ」

「そうおっしゃると思ってました。驚かずに聞いてください。あの生き物、私の婚約者(仮)なのです」

エメリー様が驚きのあまりか私の首に腕をかけてしゃがみ込ませた。ノリとしてはカツアゲする不良とカツアゲされる男子高校生のようにコソコソと話す。

「そういえば、公爵家《こうしゃくけ》の二男《じなん》と婚約したとかなんとか……え、その現物がアレ?」

「いまだに現実を受け入れられなくてどうしたものかと思っていますが……あのお顔にリアル九頭身って、破壊力《はかいりょく》がすごいでしょう?」

はぁ。これよこれ。エメリー様のリアクションが埋没系平凡令嬢Eとしての私を目覚めさせてくれる。

「でもアリシャ様の婚約者なのでしょう? おめでとうでいいのかしら? おめでとうでいいのよね? ひとまずおめでとうと言っておくけど、私を巻き込まないで」

「巻き込まないで」それは私が一番言いたい。

「アリシャ嬢?」

バルディ様に怪訝《けげん》そうに声をかけられ、私達はハッと目を合わせると、立ち上がって体勢を整え、改めてバルディ様と子爵様に向き直った。

「紹介しますね。私のお友達のエメリー・リヒーヤ男爵令嬢です」

「ファイユーム公爵家のバルディだ。バルディと呼んでくれて構わない」

「お目にかかれて光栄です。私のことは……家名は捨てたようなものなのでエメリーとお呼びください」

エメリー様は若干《じゃっかん》目を逸《そ》らしながらバルディ様に挨拶《あいさつ》をする。うん、イケメンを正面から浴びるの、つらいよね。いくら地味な服でも顔が変わるわけではなし。その気持ち、わかる。

「エメリー様、それからこちら、生地問屋《きじどんや》のスタンリー様」

「どうも、ジフロフ子爵領で生地問屋を営んでおります」

「ジフロフ子爵領⁉」

エメリー様がたちまち目を輝《かがや》かせた。

「あの、素晴《すば》らしい生地の数々を生み出しているジフロフ子爵領！　素敵！　名前を聞いただけでもときめくわ」

子爵様が嬉《うれ》しそうに顔をほころばせる。

「そんな、大袈裟《おおげさ》です」

「大袈裟なんかじゃありません！　しかもっ、ジフロフ子爵領では端切《はぎ》れの販売《はんばい》もしていてそれがとっても良心価格！　おかげでうちのような小さな店でもジフロフ子爵領の上質服を一着仕立てる生地を発注すれば高くつくが、部分的に使えば値段を抑《おさ》えつつ良いものが作れる。

「端切れを……そんな使い方があるのですね」

「小さな端切れでも無駄《むだ》にしません。くるみボタンに使ったり、ポケットや襟《えり》のアクセントにしたり」

「素晴らしい。是非《ぜひ》、詳しく伺《うかが》いたい」

エメリー様と子爵様は二人であーでもない、こうでもないと話し始めてしまった。専門外の話なので、バルディ様と私は店の隅《すみ》で待つことにする。

「二人とも楽しそうですね」

「そうだな。煩《わずら》わしいことを忘れて、気分転換になると良いが」

子爵様はこれまであまりにも、ひどい目に遭《あ》っている。

「望まない見合いの押しつけや、好きでもない相手からのアプローチはうんざりするほどうっとうしいものだからな」

実感がこもったようにおっしゃるバルディ様のそれは、先日のヴァイオレット様の件しかり、実体験ですね。そして、いまだに見合いが持ち込まれているからだろう。

うちが子爵家だからと侮《あなど》られているのだ。

ちなみに、バルディ様がいる手前、私のほうに見合いの申込《もうしこみ》はないが、弟にはある。公爵家と縁続きとなる（予定の）子爵家だから、わりと良い条件での縁談も来ていた。

そんな事情もあり、弟の婚約を決める際には公爵家に相談することになっている。弱小子爵家に貴族世界の裏の裏を読むスキルはない。可愛い弟が何かの生贄《いけにえ》になったら大変だ。

「早くアリシャ嬢をオレの嫁にしたい……」

バルディ様がボソッとつぶやいた。いや、早い、どう考えても早い。そもそも婚約だって、まだ（仮）状態継続中《けいぞくちゅう》だ。

「私は、あと十年はこのままでも……」

「長くないか？　準備期間は一年もあれば十分だろう」

「いいえ、お付き合い三年は必要《マスト》です」

何事も三日三月三年と言うでしょう！　お付き合いを初めてまだ私達は三カ月も経《た》っておりません！　あれ？　ギリギリ三カ月……いや、とにかく日が浅すぎる。

「オレは三年後でも構わないが貴族令嬢としてどうなんだ？　せめてあと二年だ。貴族学園を卒業してすぐだな」

「無理です、早いです。社会人経験も積みたいし……」

「それは何の経験なんだ？」

視線の先ではまだエメリー様達が盛り上がって話している。私達の押し問答《もんどう》同様、しばらく終わりそうもないなと思っていると、ふいに入り口のドアが開いた。

「エメリー、頼まれていたもの、買ってきたぞ」

「あらリッカルド、ありがとう」

エメリー様よりも少し年上に見える青年が、抱えてきた荷物をカウンターの上に置いた。

青年はチラッと子爵様を見ると鼻で笑う。

え、めちゃくちゃ失礼なんですけど？

青年はふふん……と得意げな顔をしながら店内を見て、私達の存在にようやく気がついた。すぐにぎょっとした後、面白くなさそうな表情を浮《う》かべる。

まさかとは思うけど、子爵様を見て「勝った」と思い、バルディ様を見て「負けた」とか思っちゃった感じ？

「この人達、お客さん？」

「ううん、友達とその婚約者さん。あと、ジフロフ子爵領の生地問屋さん」

「へぇ。エメリー、ジフロフ子爵領の生地、ほしがってたもんな」

「そうなの。素敵な生地が多くて、今もこの夏の新作を教えてもらっていたの」

子爵様はリッカルドと呼ばれた青年の微妙《びみょう》に失礼な態度は気にしていないようで、にこにこと笑っている。

「ふぅん。ま、そのおっさんに騙されないように気をつけろよ」

「ちょっと、リッカルド。失礼なことを言わないで」

「心配してんだよ。それにいい生地ならミリアン商会に頼めばいいじゃん。向こうから取り引きしてほしいって言ってんだからさ。エメリーの店は貴族の顧客《こきゃく》も多いから、商会にもメリットあるらしいぜ」

んんん？　ミリアン商会？

「結構よ。うちは従業員も雇《やと》っていないし、そんなに手広く商売できないもの」

「だからオレが手伝うって前から言ってんじゃん。ミリアン商会にツテがあるんだからこっちも利用しないと。ほら、この間渡した紅茶だって一部の人しか買えない貴重なものなんだぜ。いいものだったろ？」

エメリー様は曖昧《あいまい》に笑った。

「とにかく、もう少し考えてみるわ」

リッカルドは「絶対にだぞ。ちゃんと考えてくれよ」と念押しをして店を出て行った。

そっとバルディ様を見上げると、バルディ様も私を見ていた。

私達は無言で頷き合う。今回はちゃんと意思の疎通《そつう》、できてると思う。

「紅茶は回収だな。あいつはキナ臭《くさ》い」

「ですね……」

リッカルドのふてぶてしい態度が引っかかった。そこにミリアン商会の紅茶って……、嫌な予感しかない。貴族の間だけと思っていた疑惑《ぎわく》紅茶が街に出回っているわけではないと思いたいが、警戒《けいかい》して損はない。

また変な事件が起きなければいいなと危惧《きぐ》する私達をよそに、子爵様とエメリー様はほんわかと会話を続けている。

「スタンリー様、彼が失礼な態度を取ってしまい申し訳ございません。幼馴染《おさななじみ》でよく私の様子を見に来てくれるのですが、時々、あんな風に態度が悪くなって……」

「いえいえ、気にしておりませんよ。良い友人をお持ちですね」

良い友人……かなぁ？　バルディ様が小さな声で「アレはダメだろ」とつぶやいている。

完全に同意です。

「早急《さっきゅう》にあの男を調べよう。どのみちミリアン商会絡《がら》みの紅茶はうちの研究班行きだ。ミリアン商会で働いてもいないのに『貴重な紅茶』を入手できるのは……」

「密売人の一人……だとしたら追い切れていないだけで実は一般《いっぱん》流通しちゃってる？　彼が密売人だとすれば、他にも平民街にいる可能……むぐっ」

バルディ様に口をふさがれた。怖《こわ》い笑顔で見下ろされる。

「迂闊《うかつ》なことを迂闊に言うな」

「むぐっ、むぐむぐっ（はいっ、それはもうっ）」

「本当にわかっているか怪《あや》しいものだが……」

手を放してくれた。ぷはぁ、窒息《ちっそく》するかと思った。バルディ様は手が大きすぎるのよっ。

「紅茶の件もあの男も第五騎士団で調べる。アリシャ嬢はオレがいない時はおとなしくしているよう……、いやオレがいる時でもおとなしくしているように」

「大丈夫です。私、埋没系平凡令嬢Eなのでっ！」

バルディ様が首を横に振《ふ》りながら「まったくわかっていない」とぼやく。

「背がちょっと低いだけでまったく埋没していないし、むしろ可愛さが突出《とっしゅつ》しているし平凡《へいぼん》とは程遠《ほどとお》いし、そもそも普通の令嬢としてもどうかと……」

「それ、バルディ様にだけは言われたくないです」

私の百倍目立つ男に言われても説得力がない。

「ともかくミリアン商会については証拠が集まるまで関わらなくていいし、あの男のことも、うっかり何か目にしても自分の安全を最優先するように」

でも偶然店で居合わせてしまったら……エメリー様の幼馴染だし無視するのも失礼よね。

エメリー様は損得を抜《ぬ》きにした貴重なお友達ですもの。新しい意匠《いしょう》の小物を作る話は楽しいし、言葉遣《ことばづか》いも前世に近い感じで気楽に話せる。

そんなエメリー様の幼馴染が怪しい密売人（仮）。あれあれあれ、なんか、すっごく心配になってきた……。

「アリシャ嬢、なんとか言葉にしないように頑張《がんば》ったようだが、全部声に出ている。そんなに心配か？」

「それはもちろん。お友達ですもの。バルディ様にもいますよね？　家格とか損得を抜きにした、なんでも話せるお友達」

「…………………」

まさかの無言。そしてバルディ様、難しいお顔になっている。

「オレの場合、そういった友人作りはかなり難しいな。本人にその気がなくとも、周囲が打算で群がってくる」

公爵子息ですもんね。そうなっちゃうかぁ。そりゃ、私もお友達は多いほうではなく、前世のように誰《だれ》とでも仲良くするのは確かに難しい。

バルディ様みたいになんでも持っていそうな神々《こうごう》しい人が孤独《こどく》を抱えていたなんて……としんみりした私の肩をバルディ様が引き寄せ……肩を抱き、というより横からすっぽり腕の中に包まれて、は？　え？　ちょっと何が起きているのか理解できないのですが？

「今はアリシャ嬢がいるから言いたいことも言えるし、やってみたかったこともしている。平民街で買い食い……、それも何軒《なんけん》もハシゴして食べ歩くなんて真似、絶対に無理だった。ホットドックの後にアイスを食べて串焼《くしや》きに戻るなんて……しょっぱい、あまい、しょっぱい、あまいの無限食いだったか。発想がもう意味不明で面白《おもしろ》すぎる」

「……私は今の状況《じょうきょう》がちっとも面白くないです。離れてもらっていいですか？」

「これが世に聞く『友人との寄り道』か、と感動すら覚えた」

「ソウデスカ、ヨカッタデスネ……というか、それなら私、バルディ様の友人になります。損得勘定《かんじょう》なしで、普通のお友達。遊びに行くのもお友達として……」

「しかもアリシャ嬢とは恋人《こいびと》としてのデートも体験できる。一人で二倍、三倍のお得感だな。アリシャ嬢もよく屋台の前で言っているだろう。ここは値段のわりに量が多くてお得感があると！」

人を大盛りご飯にたとえるなーっ！　しかも、私、千円でラーメン炒飯《ちゃーはん》セット、餃子《ぎょうざ》と唐揚《からあ》げ、サラダつきみたいな扱いになってない？　サラダの代わりに炒飯大盛りサービスとかしてませんからね。

「アリシャ嬢は可愛くて賢《かしこ》くて面白い。オレの勘《かん》は正しかった」

くう、だからおもしれぇ女カテゴリーに放り込まないで！　私は埋没系平凡令嬢E……。

「君と出会ってから世界の色が鮮《あざ》やかになった。霧《きり》が晴れたような、清々《すがすが》しい気分で毎日が楽しい。今までも退屈《たいくつ》だったわけではないが、どこか息苦しさがあった」

本当に嬉しそうに言われて返す言葉に詰まる。私にそんな価値はないです。本当に普通の……、ごく普通の……。

「アリシャ嬢はおそらく貴族令嬢である前にごく普通のどこにでもいる女の子なのだろうな。希少な前世の記憶持ちではあるが、そこもあまり関係なく……、肩書《かたが》きのないアリシャという女の子」

そんな風に言われたら……、いや、ダメ、ほだされちゃ……。これ以上聞いたら危険だと焦《あせ》る私にバルディ様が言う。すっごく、あまい笑顔で。

「だから魅力的《みりょくてき》で面白い」

「結局、おもしれぇ女なのかーいっ！」

私はバルディ様の胸元《むなもと》を全力で押し返す。バルディ様はわけがわからないといったきょとん顔だ。

危なかったぁ、なんだか無駄にドキドキしてしまったわ。ほんと、イケメンの破壊力すごすぎる。バルディ様がオチをつけてくれたおかげでなんとか踏《ふ》み留《とど》まれた気がする。

落ち着こうとする私の視線の先では楽しそうに話す子爵様とエメリー様。

子爵様の気分転換のためだったが、今日のこの出会いがエメリー様の商売にもプラスに働くといいなと思う。

そろそろお暇《いとま》しましょうか……となったので、さりげなくエメリー様に幼馴染の彼からもらった紅茶のことを聞いてみた。

「特別な紅茶だって言われると、かえって飲めないのよねぇ」

その気持ち、すっごくわかります。エメリー様は棚《たな》の奥にしまい込んですっかり忘れていたと話しながら探し出してくれた。

休憩室《きゅうけいしつ》の机の上に優雅《ゆうが》な筆記体で「チャームティー」と書かれた紅茶の缶《かん》が置かれる。

淡《あわ》いピンク色に白薔薇《しろばら》が描《えが》かれた上品なパッケージデザインだ。

「エメリー様、この紅茶缶譲っていただけませんか？　お友達が珍しい紅茶を収集しているの。もちろんお礼もしますわ」

「お茶にこだわりはないし、リッカルドには適当に言っておくから遠慮なく持っていって！」

そう言って快く紅茶缶を提供してくれた。


それから三週間。ジフロフ子爵様はエメリー様と親交を深めていたそうだ。

そんな中、改めて私達に子爵様から相談したいことが……と連絡があり、連れ立ってジフロフ子爵邸を訪ねることになった。

すると子爵様は照れたような顔で「エメリー様に結婚を申し込みたい」と宣《のたま》ったのだ。

ビックリ急展開である。

「私はエメリー嬢よりも随分《ずいぶん》と年上ですが、できれば……と考えております。どう思われますか？」

確かにあの日の二人はめちゃくちゃ話が合って、会話も弾《はず》んでいた。あれから三日と空けず「スタンリー様」が店に通ってくれていて……と、エメリー様からも聞いている。

エメリー様も商売のこと、生地の仕入れのことなどを「スタンリー様」に相談して「頼《たよ》りになる人だ」と話していた。

エメリー様の「結婚しない」事情は、本人の性格や経歴に難があるわけではない。

子爵様の離婚原因も元妻の浮気《うわき》で、本人に問題があったわけではない。

この二人が結婚するのは、案外悪い話ではないのかもしれない。

「オレは良い話だと思うが……、エメリー嬢のほうはどうなんだ？」

バルディ様が私に尋ねてくる。私は悩《なや》んだが、彼女が結婚をしない理由について、二人に話すことにした。エメリー様自身が、その事実を隠していないためだ。

「子爵様を信じてお伝えしますが……、エメリー様の背中には大きな傷痕《きずあと》があります。本人は気にしていないと言っていますが、貴族令嬢としては致命的《ちめいてき》とされる大きな傷です」

六歳か七歳頃《ごろ》の話だそうだ。男爵領で近所の子ども達とともに遊んでいた時、わざとではなかったものの男の子に突き飛ばされてしまったという。倒《たお》れた先に運悪く折れた木の枝があり、背中にざっくりと刺《さ》さって大きな傷痕を残してしまったのだ。

ご両親はそのことを気にして少々過保護になってしまい、エメリー様は気を遣《つか》われるのが嫌だったこともあり、両親の反対を振り切って家を出てしまったそうだ。

「肌《はだ》に大きな傷痕があると、どうしても嫁ぎ先の条件が悪くなってしまいます。だからこそ、彼女は商売人として生きていくと決めたのです」

私の話を黙って聞いていた子爵様は「私はそのような些末《さまつ》なこと、気にしません」と真《しん》剣《けん》な面持《おもも》ちで言った。

「私は彼女の内面、人柄に惚《ほ》れたのです。もちろん、その、見目も大変美しい女性だと思っていますが、服飾《ふくしょく》に関する知識、柔軟な発想など尊敬できる点が多々あります。逆に……、私は彼女よりも随分と年上で、しかも本当の身分すらまだ告げられていない臆病《おくびょう》者《もの》です。むしろ私のほうがふさわしいとは言いがたいでしょう。ですから、振られたら付きまとうことなく、代わりの生地問屋を紹介してすっぱり諦めると誓《ちか》います」

子爵様のその覚悟に、胸を打たれた。足りないものを補い合える二人……エメリー様は今後も服飾関連の仕事を続けられるし、子爵様にとっても良き伴侶《はんりょ》となるだろう。

私はバルディ様と頷き合い、そういったことなら……と、改めて私からエメリー様に連絡を入れた。

それから数日後、王都にある少し洒落《しゃれ》た高級レストランで、四人で会うことになった。バルディ様が予約の手配をしてくださったので個室だ。

エメリー様の横に私が、子爵様の横にバルディ様が座ったことで、彼女が察する。

「もしかして……、お見合い？」

　エメリー様が困ったように笑う。

「無理よ、私は傷物だもの」

　子爵様がすぐさま首を横に振った。

「それを言うなら、私は最低な嘘《うそ》つきだ。改めて自己紹介をさせていただきたい。私はシアン・ジフロフ。ジフロフ子爵領の当主をしております」

「えっ？　本物の子爵様？」

「貴女《あなた》と気兼《きが》ねなく話をしたかったので身分を偽《いつわ》っていましたが……、婚姻《こんいん》の申込をするのに隠したままというのはあまりに不誠実。エメリー嬢が何か問題を抱えているのなら一緒に解決策を探し、そして是非、私の妻になってほしい」

　エメリー様は「えっ、は？　えぇっ……」と情報量の多さに慌てていたが、その様子を見るに、嫌がっている感じではなさそうだ。

「でも……、先ほども申し上げた通り、私の背中には大きな傷痕があって……」

　エメリー様は動揺《どうよう》しつつも子爵様にはっきりと伝えたが、子爵様は優しくほほ笑んで自身の頭をトントン……と指で叩《たた》いた。

「そうですか。私も先日、頭を石で殴《なぐ》られたせいで傷が残り、大きなハゲができておりますよ」

エメリー様が私に視線で「どういうこと？」と聞いてきたので、簡単に事件の顚末《てんまつ》を話す。

「それは、なんというか、とても、大変でしたね」

「結婚など二度としたくないと思っていましたが、エメリー嬢と話すうちに気が変わりました。私は毎日、貴女と話をしたいし、一緒に商品を開発し、新しいドレスや服、これからの時代を作るファッションを世に送り出したい」

「正直、どうお返事していいかわかりません。自分の人生にこんな日が来るなんて、想像もしていなかったから……」

エメリー様はかなり戸惑《とまど》っている様子だ。

「だって私、結婚は本当に無理だって……」

その声が、ほんの少しだけ震《ふる》えている。男爵令嬢として生まれて傷を負った過去は、本人が思っていた以上に爪痕《つめあと》を残していたのかもしれない。いつも明るく気丈《きじょう》な彼女は、その片鱗《へんりん》すら見せなかったけれど。

「迷うなんてエメリー様らしくありませんわ」

私は励《はげ》ますように彼女の手を握《にぎ》った。

「アリシャ様、そんなことを言われても……、私、本当に考えたこともなかったのよ」

「頭を石で……？」

私は頷いた。わかります、その気持ち。私だって自分にこんな神々しいハイスペックなイケメン婚約者ができるなんて妄想《もうそう》ですら……いや妄想はちょっとしたかもしれないが、現実では絶対にないと思っていた。

でも最近は……なんだか悪くないと思う時も……なくもない。大変不本意ながら、バルディ様との捜査活動も、大変だとは思うが、あの日バルディ様が痛みを分かち合ってくれてから、本気で嫌だとも思えなくなっている。

「なら、今ここで、考えてみてください。どういった答えを出したとしても子爵様ならきっと、エメリー様の意思を尊重してくださるわ」

エメリー様は素直《すなお》に考えたようで、みるみるうちに頬を紅潮させた。恥ずかしそうな、嬉しそうな顔だ。

「アリシャ様、私で……いいのかしら？」

「もう、エメリー様ってば。勇気を出して。聞く相手が違うでしょう？」

エメリー様はますます顔を赤くして、子爵様に向き直った。

「私で、いいんでしょうか？」

子爵様が穏やかな笑顔で頷く。

「貴女がいいと思いました。楽しそうに仕事をしている貴女の笑顔はとても魅力的だ。結婚後も是非仕事を続けてほしい。そして私と一緒に子爵領を、この国の服飾業界を支えてほしい」
ジフロフ子爵様の言葉に、エメリー様はうっすら目に涙《なみだ》を浮かべ、「両親に相談してからとなりますが……」と前置きをした上で、お受けしたいと答えたのだった。

子爵様は離婚歴があると言ってもご自身に瑕疵《かし》はないし、領地経営も安定している。年齢差も貴族の婚姻としては許容範囲内《はんいない》。

結婚しないと宣言していた娘の嫁ぎ先としてはかなりの好条件。娘の気が変わらないうちにと、リヒーヤ男爵領からご両親が王都までやって来て、すぐにジフロフ子爵家と婚約の手続きに入った。

その後の様子を聞きにエメリー様のお店を訪ねると、わずか十日ですべての手続きが終わってしまったのだという。大々的な披露宴《ひろうえん》は先の話だが、可能な限りの最短期間で入《にゅう》籍《せき》して自領地でお披露目《ひろめ》も済ませてしまうとのこと。

「驚くほど話が早く進んでビックリよ。久しぶりに両親に会ったけど、記憶にないほど機《き》嫌《げん》が良くて笑っちゃった」

「私もこんな展開になるなんて想像もしていませんでした。でも、結果的に二人が幸せになるならこんなに嬉しい話はありません。それに……子爵様、本当に困ってらしたから。さすがに結婚すれば別れた奥様も諦めてくれるでしょう」

「シアン様の元奥様がつきまとっているのでしょう？　どんな人かちょっと見てみたいかも」

「う～ん、見た目だけなら儚げ美人でしたけど……」

話の通じる相手ではなさそうだから、関わることは正直おすすめしない。

「ところでエメリー様、このお店は今後どうするのですか？」

「一旦《いったん》、閉めるわ。子爵夫人になるのなら勉強しなきゃいけないこともいっぱいあるだろうし……。それに、リッカルドがね」

エメリー様が困ったように笑う。あのヤバめな幼馴染か。私が続きを促《うなが》すと。

「以前からこの店で働きたいって言ってて……。私が怪我をした時に側にいたものだから、責任を感じているみたいなの。子どもの頃《ころ》の話だから、もう気にしなくていいのに」

「怪我をした時って……、背中の？」

「そう。勝手に王都にまでついてきちゃって……。だからって店員として雇うことは別問題でしょう。服飾に興味のないリッカルドを雇うくらいなら、支援《しえん》している孤児院《こじいん》から才能のある子を雇うわ」

エメリー様と話しているとジフロフ子爵様がやって来た。この後はバルディ様と合流して、今夜は四人で食事をする予定だ。

「お待たせしてしまいましたか？」

「いいえ、バルディ様がまだですわ」

話しているると再びドアが開いた。バルディ様かと思ったら、現れたのはリッカルドと、元ジフロフ子爵夫人……タニア様だった。

どうしてこの二人が一緒に？

疑問に思ったのは一瞬《いっしゅん》で、私はすぐさまエメリー様と子爵様の腕を引いて店の奥の休憩室に押し込み、内鍵《うちかぎ》をかけるように頼んだ。

「子爵様、エメリー様のこと、絶対守ってくださいね！」

そう言って、入ってきた二人の前に戻る。バルディ様の、自分を最優先にしろなんて忠告は頭からすっ飛んでいた。

リッカルドがちょっと不満そうな目で私を睨《にら》みつけた。

「あんた、何なの？」

「私？　私は、ある時はエメリー様のお友達、またある時は常連買い物客、そして今は……ただの店番F。しかしてその実体は、子爵家の娘で、公爵家の婚約者もいる貴族令嬢よ！　私に危害を及《およ》ぼす気なら（バルディ様が）容赦《ようしゃ》しないわよ」

ここはわかりやすく公爵家の威《い》を借りる。本当は婚約者（仮）だけど、そんなことは言っていられない。

「ほらほら、帰ってちょうだい。エメリー様は休憩中なの。邪魔《じゃま》しないでくださる？」

リッカルドはふふん……と鼻で笑い、おもむろに店の入り口のドアに鍵をかけた。そして小物が置かれた大きめの机を引きずってドアをふさぐ。その弾みで飾《かざ》られていたポーチやハンカチがバラバラと床《ゆか》に散乱した。

「へぇ、子爵家の令嬢ねぇ。ってことは、こちらの子爵夫人のほうが身分は上じゃねぇの？」

「上じゃないわ。タニア様は離婚されているもの」

「でもさ、この人、子爵様と再婚する予定だろ？　ってことはぁ、上だ」

タニア様にリッカルドがにやにや笑いながら言う。

「オレは平民だけど、娘より夫人のほうが身分が上ってのは知ってるぜ。あとは公爵家の婚約者、だったか。今はそうだとしても、あんたに傷がついたらどうなるんだろうな？オレはさ、平民だし、エメリーのことを深くふかぁ〜く愛しているから、傷なんてまったく気にしねぇけど、貴族ってのはそうじゃねぇだろ？　あんたの顔にさぁ、でかい傷でもついたら婚約破棄《こんやくはき》されちゃうんじゃね？　そうなるとただの傷物令嬢だ」

リッカルドはポケットから小さなナイフを取り出し、タニア様に手渡《てわた》した。

「ほら、あの女が邪魔したせいで、あんた、子爵様と再婚できないみたいだぜ」

それまで生気のなかったタニア様がゆっくりと私を見て、カッと目を見開いた。

「貴女……、あの時、騎士団の隊員といた女……」

「なななんのことか、わかりませんっ。わ、私は、ただの店番Fです」

「あんた達のせいであの子が……」

うわぁん、ごまかせないか。貴女の甥が捕《つか》まったのは自業自得《じごうじとく》ですぅ……って言いたいけど、火に油を注ぐだけの気がする。そういう勘は外れない。

「ハハッ、なんかわかんねぇけど、知り合いみたいじゃん。やっちゃえ、やっちゃえ。ほら、あいつを排除《はいじょ》しねぇと、子爵様と再婚できねぇぞ」

「ちょっと貴方！　さっきからタニア様をけしかけてどういうつもり!?　そもそも子爵様の結婚に私は関係ありません！」

「関係あるじゃん。二人を逃《に》がそうとしたでしょ」

私が今いるのはお店のカウンター奥にあるドアの前。タニア様はお店の出入り口付近にいたけれどジリジリと距離《きょり》を詰めてきている。店はそう広くない。

当然、今の私には武器もなければ盾《たて》もない。二人がかりで襲《おそ》い掛《か》かられたら万事休《ばんじ》す
……と覚悟を決めた瞬間《しゅんかん》。

バンッと窓が窓枠《まどわく》ごと外側に外れた。

リッカルドとタニア様が窓のほうを見た時には、すでに男女各一名が二人に肉迫《にくはく》していた。

窓枠を軽々と飛び越《とこ》えてきたのは三人。真っ先に飛び込んできたバルディ様はリッカル

ド達には目もくれず私の側に来て背にかばった。

困惑《こんわく》している間に、リッカルド達が取り押さえられる。男性に見覚えはないが女性のほうは私の専属護衛のカリンさんだ。い、いたのか……。さすがエキストラ師匠《ししょう》。あまりに存在感がなかったので、護衛についてくれていたことを今の今まで忘れていた。ということは一緒に飛び込んできた男性もバルディ様がつけてくれた護衛かしら。

本気で命が縮む思いだっただけに、安堵《あんど》で腰《こし》が抜《ぬ》ける。

「アリシャ嬢！」

すぐさまバルディ様に抱き上げられた。

「怪我はないか？」

「な、なんとか……」

タニア様に襲われそうになったことにも驚いたけど、バルディ様達が飛び込んできたことにもビックリよ。なんなの、いつの間にハリウッド映画のアクション大作に巻き込まれていたの？　あれは大スクリーンでポップコーンを食べながら見るもので、至近距離で体験するものではないと思うの。

落ち着こうと深呼吸している間もアクション映画さながらの派手さで入り口のドアが外され、黒の隊服を着た第五騎士団の面々がなだれ込んできた。

隊員がカリンさん達からタニア様とリッカルドを引き取り、そのまま連行しようとするも「離せよっ、何もしてねぇだろっ」とリッカルドが喚《わめ》きたてている。

「そこの子爵令嬢を傷つけようとしたのはこの女だ。オレは何もしてねぇよっ」

うわぁ、予想はしていたけど本当にリッカルドってクズだ。楽しそうにタニア様を唆《そそのか》していたくせに、捕まったら見事に手のひらを返した。

リッカルドは私の視線に気づくと、にやりと笑った。

「傷がつかなくて良かったじゃねぇか。これで捨てられることもなくなったな！」

カチンッときてつい言い返す。

「言っておくけど、バルディ様は私に傷がついたからといって婚約破棄なんてしないから。怪我をしたら心配してくれるし、もしも傷物だと嗤《わら》う人がいれば守ってくれる。清廉《せいれん》潔白な人なの。貴方みたいな卑怯者《ひきょうもの》とは違う」

リッカルドがムッとした顔で言い返してきた。

「それはどうかなっ。貴族なんてみんな同じだろ。傷のある女なんか、誰も嫁《よめ》にしたいと思わねぇよ！　だからエメリーだって今まで結婚できなかったんだ。誰だって汚《きた》ねぇ傷なんて見たくねぇもんなぁ……」

すると店の奥、休憩室の扉《とびら》が開いて子爵様とエメリー様が現れた。

エメリー様にしては珍《めずら》しく沈痛《ちんつう》な面持ちで、リッカルドに向かって言う。

「それがリッカルドの本音だったんだね」

「エ、エメリー、違うっ、オレは、オレだけはエメリーの傷なんて気にしない……」

「私ね、こちらのジフロフ子爵様と結婚するの」

「「は？」」

リッカルドと同時に、拘束中《こうそくちゅう》のタニア様も声をあげた。

そんな二人を尻目《しりめ》に、子爵様はエメリー様の前でひざまずくと、うやうやしくその手を取った。

「エメリー嬢に改めて申し込む。どうか私と結婚してほしい。私は貴女とともにこの国の、世界のファッションに新しい風を起こしたい」

エメリー様はにこりと笑って頷いた。

「喜んでお受けいたします」

タニア様が「あぁああああっっっ」と悲鳴をあげた。リッカルドもまた「嘘だっ、違うっ、こんなはずじゃ……」と騒いでいる。

ジフロフ子爵夫人として咲《さ》き誇《ほこ》っていた花が散り、新たな花が……今まで誰も目にしたことのない花が蕾《つぼみ》をつけた瞬間だった。

その後、リッカルドとタニア様は衛兵に引き渡された。第五騎士団の面々もバルディ様と私をニヨニヨと見つめながら撤収《てっしゅう》していく。

バルディ様が私を抱っこし続けているせいですね。でも引きはがそうとしても言葉で説得してもさっきから離してくれないのですもの。

仕方なく、抱っこされたままエメリー様に声をかける。

「エメリー様、ごめんなさい。お店が……」

改めて店内を見渡《みわた》せば、商品は床に散乱しているし、窓もドアも壊《こわ》れている。

「元凶《げんきょう》はリッカルドだったんでしょう？　むしろ巻き込んでごめんなさい。もともとお店は一旦畳《たた》むつもりだったから、このまま閉店作業に入るわ」

エメリー様がそう言って私を見て苦笑《くしょう》する。

「それにしてもアリシャ様、一人であんな人達に立ち向かうなんて危険だわ！」

「それは……、私はあの二人とは関わりが薄《うす》いから『ただの店番F』でごまかせるかと」

すると、耳元で「ハァ～……」と盛大《せいだい》にため息をつかれた。

バルディ様が残念なものを見るような目で言う。

「アリシャ嬢には学習能力がないのか？」

「うぐっ……、あ、ありますよ、たぶん」

「危険な行動をしたことを叱《しか》りたいのに……、叱れないオレの気持ちを少しは理解してくれ。アリシャ嬢は本当に迂闊すぎる」

叱られたいわけではないが、叱れないって何故？　これまで散々叱られていたのに今さ

らでは？　と首を傾げると、バルディ様にまたため息をつかれた。

「確かにオレは、アリシャ嬢が顔に傷を負ってもそれを理由に婚約解消などしないし、そのことで何か言う者がいれば全力で守るが、君が傷つけられたらオレだってつらいし悲しい。頼むからオレが大事に思う君を、君自身が蔑《ないがし》ろにしないでくれ」

「!!」

真っすぐな目に射抜《いぬ》かれて、胸が苦しくなる。

動悸《どうき》が激しくて、顔もたぶん真っ赤。真摯《しんし》な言葉は私の心臓への負担が大きすぎる。

「君が傷つけられていたら……、あの二人のことをこの場で殺……処分していたかもしれないな」

さらに仄暗《ほのぐら》さを漂《ただよ》わせたバルディ様に言われて、さすがに「ごめんなさい」と謝った。

ここまで言われて貴方には関係ない、心配ご無用と言う勇気はさすがにないし、バルディ様を犯罪者にするわけにもいかない。

バルディ様にはいつでもかっこよく！　悪を捕まえる側でいてほしい。そして私はそれを柱の影《かげ》から応援《おうえん》うちわを持って見守る観客令嬢でいたい。うむむ、「バルディ様しか勝たん」か「一生推《お》せる」か迷うところ。

「とにかく、アリシャ嬢には護衛がついてはいるが、次からは無茶をしないように」

「……………はい」

額同士をこつんとぶつけられ、私は真っ赤な顔のまま、素直に頷いた。応援グッズを妄想して現実逃避《とうひ》している場合ではなかった。エメリー様とジフロフ子爵様の生ぬるい目がツライ。

「あの……、そろそろ降ろしていただけますか？」

「断る」

「断るって……、怪我もありませんし、自分で歩けますけど」

「だとしても、断る。自分の迂闊さが原因だと諦めろ」

そのまま馬車まで運ばれて、馬車の中でも膝抱《ひざだ》っこのまま自宅まで送り届けられたのであった。


数日後、リッカルド達の罪状がほぼ確定したとバルディ様から聞かされた。その報告を兼ねて、後日ジフロフ子爵様とエメリー様をファイユーム公爵家に招待すると言うので、「部外者の私は遠慮しますね……」と笑顔で去ろうとしたが却下《きゃっか》された。

「アリシャ嬢の友人の話だろう。それとも心配ではないと言うのか？」

「うぅ……、心配です、気になります、同席しますぅ」

友人を持ち出されたら無理だ。なんというか、一度断るのはもはや条件反射的な？

そして来訪当日。通された応接間は落ち着いた内装で、人払いがされた。廊下《ろうか》には護衛と給仕《きゅうじ》メイドさんが待機している。

「まず子爵の元妻……タニア・ヴァレルの話から」

バルディ様が調査書類を見ながら話し始めた。

タニア様の実家は準男爵で、領地を持たない家だった。離婚によりジフロフ子爵家からの援助も止まり、かなり厳しい生活をしていたそうだ。

子爵家で暮らしている時は何ひとつ不自由のない生活……どころか、身につけるドレス、宝飾品《ほうしょくひん》はすべて一流の品で不自由な思いをしたことがない。今更《いまさら》ながら子爵様に愛されていたのだと都合よく解釈《かいしゃく》し、復縁を迫ったのだという。

そうしてジフロフ子爵様の動向を毎日のように追い回していた時、リッカルドに「あの冴《さ》えないおっさんがオレの女にちょっかいをかけて迷惑している。おっさんを引き取ってくれるなら協力するぜ」と声をかけられたとか。

エメリー様がすぐさまぶんぶんっと首を横に振った。

「そんな事実ないわ！」

「そうだな。だが……リッカルドは酒場で酔《よ》うとよく言っていたそうだ」

『貴族令嬢を傷物にしてやった。あいつは傷があるせいで嫁には行けないからオレがもらってやるんだ』

エメリー様の顔色が一気に悪くなった。

横に座った子爵様がエメリー様の手を握りしめる。

「無理に聞かなくても……、私が代わりに聞いておくよ」

「いえ！　聞きます。聞かないといけない気がします」

リッカルドは幼い頃からエメリー様のことを気に入っていた。しかし相手は貴族で自分は平民。その身分差では結婚できないと言われ、それならどうすれば結婚できるかを調べた。

通常ならば、自身が功績をあげて爵位《しゃくい》をもらうなり、社会的地位をあげるべく頑張るものだが、リッカルドはエメリー様を貶《おとし》めるほうを選んだ。

偶然を装って怪我を負わせたのだ。

事件が起きた時、エメリー様は「わざとではないのだから」と笑顔でリッカルドを許した。リヒーヤ男爵家の人達も、まさか幼い子どもがそんな残忍《ざんにん》な真似をするとは思わず、謝罪と簡単な罰《ばつ》……掃除《そうじ》や畑仕事の手伝い程度で許した。

「なんてこと……」

「エメリー、大丈夫かい？　少し休ませてもらおうか？」

子爵様が優しく話しかけるものの…………エメリー様はキッと顔をあげた。

「リッカルドに一発、蹴《け》りを入れても怒《いか》りがおさまる気がしないわ。二目と見れないようボッコボコにして重しをつけて池に沈《しず》めてやりたいっ！」

エメリー様が吼《ほ》えた。

あ、うん、気持ちはわかる。

「エメリー様、一字一句同意ですけど、あんな男のためにエメリー様の手を汚《よご》す必要はありませんわ。ここは抑えて……」

「だってアリシャ様！　つまり、長年、私達家族を騙していたということでしょう？　信じられない！　私だけでなくお父様達だってどれほど苦しかったか……」

「その通りだな。あの男は表と裏の顔を使い分けていたようだ」

バルディ様が調べたところ、リッカルドはあちこちで詐欺《さぎ》まがいのことをしていた。好青年のふりをしてターゲットに近づき、懐《ふところ》に完全に入ってからお金を巻き上げる。

二枚舌、三枚舌……、詐欺仲間に「十二枚舌のリッキー」とも呼ばれていたとか。いくらなんでも舌が多すぎる。

ギリギリ犯罪にならないような手口が多かったが、今回は第五騎士団で調査をしてそれなりに証拠を集めている。エメリー様の店に押し入った件も十分罪に問える。

「タニア・ヴァレルは実家に引取拒否《きょひ》をされたので修道院に収監《しゅうかん》する」

この国にも女子刑務所《けいむしょ》相当の修道院があることは、前世の記憶持ちの説明の際に聞いていた。タニア様は二度とシャバに出ることなくその生涯《しょうがい》を終えるだろう。

「エメリー嬢、リッカルドは詐欺罪で投獄《とうごく》することになる。子どもの頃の罪について問うのは正直難しい。だが、君が望むなら、手を尽《つ》くそう。どうしたい？」

バルディ様の確認《かくにん》に、エメリー様は少し考えた後、「大丈夫です」と頷いた。

「悔しいけど……、私の怪我はあくまでも子どもの頃の話で、酔った勢いで話を盛ったと言われればそれまでです。彼の処罰《しょばつ》は、皆様《みなさま》にお任せします」

エメリー様が笑って「そんな卑劣《ひれつ》な奴《やつ》のことなんか忘れて、幸せになりますから」と言うと、子爵様もにこにこと笑いながら「貴女を幸せにします」と頷いていた。

リッカルドは立件できた詐欺罪で牢屋《ろうや》に入れられたが、どれも重い罪ではなかったため一カ月弱で出てくることができた。

彼はその足ですぐにエメリーの店に向かったが、すでに店はなく、彼女の行き先もわからなかった。リヒーヤ男爵家に向かっても教えてはもらえず、それどころか「二度と顔を見せるな」と追い払われた。哀《あわ》れな、ただエメリーのことを心配しているだけの幼馴染を演じてみても、もはや手口を知られているだけに通用しなかった。

リッカルドは諦めることなく探し続け、ようやく彼女がジフロフ子爵領で暮らしていることを突き止めた。急いで子爵領へと向かいエメリーと接触《せっしょく》できるチャンスを待つ。折しも、あと数日でジフロフ子爵夫妻のお披露目を兼ねた結婚式《けっこんしき》が行われるところだった。

当日は夫妻が外に出て、領民と触《ふ》れ合《あ》う機会がある。

「まだエメリーを取り戻すチャンスはある。優しい女だから、会えば幼馴染を見捨てたりしない。結局は俺のところに戻ってくるんだ」

と、息巻いていたリッカルドはその夜、酒場で起きた喧嘩《けんか》に巻き込まれて命を落とした。

喧嘩の発端《ほったん》はなんだったのか。客の二人が小競《こぜ》り合《あ》いを始め、それが広がり何十人もが巻き込まれて殴る蹴るの大騒《おおさわ》ぎとなった。

自警団が駆《か》けつけたことでやっと騒ぎがおさまったのだが……、喧嘩の発端となった二人と何人かの客が消えていた。目撃者《もくげきしゃ》は多かったはずなのに、不思議なことにそれがどんな奴だったのかは誰も覚えていない。

リッカルドは椅子《いす》に座ったまま、すでに事切れていた。

心臓にナイフを突き立てられて絶命したようだが、凶器《きょうき》は残っていない。目撃者もいない。酔《よ》っ払《ぱら》いの喧嘩に巻き込まれた平民が一人死んだだけ。

リッカルドの身内からも捜査の訴《うった》えはなく、未解決事件のまま忘れ去られ……、エメリーの耳に入ることもなかった。

ジフロフ子爵様からバルディ様に、リッカルドについて報告があり、私にも一通りの説明がされた。公爵家で美味しい紅茶を飲みながら聞く話でもないが、関係者として聞かないわけにもいかない。

「アリシャ嬢は妙《みょう》に鋭《するど》い時があるからな」

「エメリー様には何も言いませんよ。飲み屋でよくある酔っ払いの喧嘩ですもの」

子爵様としても、エメリー様の耳には入れたくないだろう。

「それにしても子爵様ってばタニア様と甥のことはギリギリまで放置していたのに……」

バルディ様が苦笑しながら言った。

「自分への攻撃《こうげき》は我慢《がまん》できても、愛する者への攻撃は許せなかったってことだ」

人にはどうしても譲《ゆず》れないものがある。

きっとエメリー様は愛され、今まで以上の環境で夢を追うことができ、子爵様にはそれを支援するだけの力がある。

「それにしても……昼ドラ展開はダメージが大きいわぁ。いや、二時間ドラマならいいって話でもないんだけど」

「ん？　なんの話だ？」

「いえ……、ドロドロとした人間関係は見ているだけで疲れるなと思いまして」

バルディ様は笑って私に手を差し出した。

「よし、気分転換に平民街の屋台でも行くか」

「今からですか？　私、着替《きが》えを持ってきていませんよ」

「アリシャ嬢の着替えならうちに何着かある」

そう言うとメイドさんを呼んで「平民のお嬢様コーデ」を頼んだ。

「じゃ、オレも着替えてくるから」

………はい？　いや、なんで勝手に着替えが用意されているの？　メイドさん達も「はいはい」って手慣れた感じで準備を始めるし、待って、待って、待って。

「こちらはアリシャ様のお部屋ですよ。家具も着替えも一通り揃《そろ》えておりますが、何かご希望があればおっしゃってくださいね」

なんで公爵家に私の部屋があるのー っ？

納得《なっとく》できなかったが、平民街での屋台巡りには行った。もちろんバルディ様のおごりで目につくものを全部注文して、一口食べてバルディ様に押しつけてやったけど。

バルディ様は怒《おこ》るどころか笑顔で「ひとつの食べ物を二人で分け合うと、親密さが増した気がするな」などと、空気の読めない非常にポジティブな発言をしていた。

瑠璃色の原石

入学して初めての夏休みが終わろうとしていた。今年の初夏はデビュタントパーティーに始まり色々と盛りだくさんだったけど、最終的にエメリー様とジフロフ子爵様《ししゃくさま》の結婚《けっこん》……という慶事《けいじ》で締《し》めくくられた。

夏休みが終われば三年生の卒業式と卒業パーティーで、二日後に新入生の入学式がある。卒業パーティーは在校生の参加が推奨《すいしょう》されていて、私も参加する予定だった。

通学中は制服を着ているが、卒業パーティーは皆《みな》、社交界もかくやのドレスアップをする。学生なので露出《ろしゅつ》控《ひか》えめなデザインが多く、私も上品な紺色《こんいろ》のドレスを着ていた。

エスコート役のバルディ様も同じ紺色のスーツで、パッと見た感じ地味なのだが、近くで見ると同系色で木蓮《もくれん》の花が刺繍《ししゅう》されている。ファイユーム公爵家《こうしゃくけ》の家紋《かもん》に採用されているため、木蓮モチーフが多いとのこと。私のドレスも裾《すそ》と胸元《むなもと》に木蓮の花が刺繍されていた。バルディ様は目立たないように紫色《むらさきいろ》の糸で胸元にワンポイントだが、私のドレスは生成色の刺繍でなかなかに目立つ。ネックレスとイヤリングも木蓮、髪飾《かみかざ》りも木蓮。

ドレスのデザインはとても気に入っているが、なんだろう、この「ファイユーム公爵家の嫁《よめ》」と全身で主張している装飾《そうしょく》は。おかしい……ドレスを作る時に説明された記憶《きおく》がないのだが。

「バルディ様、こちらの装飾一式のデザインを見た覚えがないのですが……」

「あぁ、オレが適当に頼《たの》んでおいたからな。ファイユーム公爵家の嫁であることがわかるような意匠《いしょう》で、あとは学園で開かれるパーティーで着用する旨《むね》を伝えた」

そんなざっくりとした注文でこのレベルのドレスが出来上がっちゃうのか。すごーい……ではなく、まだ、嫁、じゃない。我が家のメイドも心得たとばかりにバルディ様に協力しているからこうなっているのよね。

気づけば外堀《そとぼり》をさくさくと埋《う》められていて、前世のことわざ的に言うなら、朱《しゅ》に交われば赤くなる？　いや、もはやミイラ取りがミイラになってるパターンでは。あら、バルディ様が包帯ぐるぐるの厨二病《ちゅうにびょう》スタイルは案外お似合い……ではなくて。

チラッとバルディ様を見上げると、少し身をかがめて「どうした？」と聞かれる。くぅ～、このナチュラルイケメンめぇ。私を惑《まど》わすとはけしからん。

「なんでもありません」

つーんと横を向く。

「ドレスが気に入らなかったのか？」

私はぐるんっと振《ふ》り返《かえ》った。

「まさかっ。着心地《きごこち》も良《い》いし優雅《ゆうが》なデザインで刺繍も素晴《すば》らしいです」

「そうか。よく似合っている」

バルディ様のほほ笑《え》みプライスレス……おかしい、美形は三日で見飽《みあ》きるんじゃなかったっけ？　後の祭りだワッショイワッショイと踊《おど》る妖精の幻覚《げんかく》が見える。

こうして私は謎《なぞ》の敗北感とともにバルディ様にエスコートされて、迎《むか》えの馬車に渋々《しぶしぶ》乗り込んだのだった。


ラトレス国立貴族学園には数百人を収容できるホールがある。パーティーを開く前提のため、外観はオペラ座か美術館のようで、内部もエントランス、ホール、複数の休憩室《きゅうけいしつ》……と各設備が整っているとのこと。

在校生は卒業式典後の交流パーティーのみの参加で、雰囲気《ふんいき》はデビュタントパーティーに近いものだった。そこまでかしこまったものではなく、顔見知りと談笑《だんしょう》しつつ人脈を広げるといった感じだろうか。

バルディ様と一緒《いっしょ》に会場へと足を踏《ふ》み入《い》れた瞬間《しゅんかん》、私は嫌《いや》なものを目にして回れ右して引き返そうとしてしまった。まぁ、簡単にバルディ様に捕獲《ほかく》されてしまいましたけど。

「アリシャ嬢《じょう》、どうした？　化粧室《けしょうしつ》か？」

「違《ちが》います、帰ります、ここにいると厄介事《やっかいごと》が……」

「事件か？　何か会場に異変でも……」

「ち、違います、そうではなく……、そうっ、危険人物がっ」

「バルディ、遅《おそ》かったな」

「兄上」

見つかってしまったか……。いや、バルディ様が目立つから隠《かく》れるのは無理なんだけど。

「遅くはありませんよ。在校生は午後三時から七時までの時間帯であれば何時に来てもよいそうです」

「くっ、ルディス様がいるとわかっていたら終了時刻ギリギリに参加したのに。ルディス様は学生でも親族でもないのに何故《なぜ》いるのですか？」

「招待されたからに決まっているだろう。私はここを優秀《ゆうしゅう》な成績で卒業した上に王宮務めのトップエリートで家柄《いえがら》も良いからね。毎年呼ばれて祝辞を頼まれている」

にこやかに言われたが、なんだろう、厭味《いやみ》にしか感じない。

「まぁ、祝辞はもう終わっているから帰っても良いのだが……」

ルディス様が声を潜《ひそ》めて言う。

「例の紅茶を所持している者が学園内部にいるとの情報が密売人からあった」

例の紅茶……「チャームティー」の売買はミリアン商会の御用聞《ごようき》きが窓口……という情

報を摑《つか》んだが、中にはリッカルドのように個人で仲介《ちゅうかい》している者もいた。地道な捜査《そうさ》でそういった密売人を何人か特定して、身柄《みがら》を確保し、証拠《しょうこ》が集まりつつあるらしい。ミリアン商会の摘発《てきはつ》も近いかもしれない。

「第五騎士団《きしだん》の副隊長も婚約者《こんやくしゃ》とともに会場に来ているが、彼に潜入《せんにゅう》捜査《そうさ》は無理だろう？　バルディもアリシャ嬢のエスコートがある。学生も多くいることだし、来賓《らいひん》として呼ばれている私が動いたほうが早いし警戒《けいかい》もされにくい」

密売人の一人が、この秋、三年生に進級するネモフィラ・セイシェル伯爵令嬢《はくしゃくれいじょう》に「チャームティー」を売ったと証言したそうだ。

「セイシェル伯爵令嬢……、名前だけは知っていますが」

バルディ様の言葉に私は首を傾《かし》げる。

「私はお名前も知りません。学年が異なると顔を合わせる機会もなくて……」

「私も似たようなものだが……、来る前にざっと資料に目を通してきた。髪《かみ》はストレートのブロンドに瑠璃色《るりいろ》の瞳《ひとみ》。今日はくすんだ緑色のドレスを着ているそうだ。アクセサリーはなく地味な装《よそお》い。婚約者はいるが、何故か本日は一人で参加をしている」

第五騎士団の捜査班の中でも変装を得意とする者がパーティーに潜入《せんにゅう》し、今日の装いなど最低限の情報を集めてルディス様に渡《わた》してくれたそうだ。

「その変装をしている方がそのまま調べれば良いのでは？」

「相手は伯爵令嬢でハシャイ侯爵家《こうしゃくけ》の嫡男《ちゃくなん》が婚約者だ。捜査員に社会的地位か家格がないと、いざという時に手を出しにくい。対処を誤れば事件ごともみ消されかねない」

あぁ……、確かにやんごとなき身分的にはそうなるか。

「では私達には関係ございませんね。バルディ様、軽食コーナーに参りましょう。ルディス様、お仕事頑張《がんば》ってください」

これ以上の詮索《せんさく》は不要、と私は巻き込まれる前に笑顔で退散を決める。

今日はパーティーだもの。副隊長さんとシーナ様がいらっしゃるのなら挨拶《あいさつ》もしたいし、美味《おい》しいものも食べたい。

「ところがだ、アリシャ嬢」

ルディス様がにやっと笑って、私の背後に視線を送った。釣《つ》られて私も振り向く。

パーティー会場なのだから多くの人がいる。若い女性達がルディス様とバルディ様をチラチラ見ている中、じっと私を見ているご令嬢がいた。バチッと視線が合うと目を逸《そ》らされたが、その後もおどおどと話しかけたそうにこっちを見ている。

距離《きょり》があるため瞳の色まではわからないが、ストレートのブロンドにくすんだ緑色のドレス。一人でいるところから察するに……。

「まさか……」

「そう。彼女がネモフィラ・セイシェル伯爵令嬢だ。どうしてかアリシャ嬢のことをずっと気にしている」

「な、何故？」

聞き返したが、ルディス様に肩《かた》を竦《すく》められた。なんだか絶妙《ぜつみょう》にイラッとする仕草だ。

「むしろこちらのほうが聞きたい。あんなに関心を寄せられているのに、本当に知り合いではないのか？」

「ないです。バルディ様に心当たりは？」

「ないな。彼女はアンガスタ・ハシャイの婚約者だろう。アンガスタのほうならまぁ……、何度か騎士学校の訓練で鉄拳《てっけん》制裁をしたことがある」

聞けばアンガスタ様とバルディ様は同い年で、二人とも貴族学園から騎士学校に転入したそうだ。そこでアンガスタ様が下位貴族や平民相手に無体を働いていたため、何度かバルディ様が諌《いさ》めたというのだ。

「アンガスタは弱いくせにプライドが高くて負《ま》けず嫌《ぎら》いだからな。身分が低い者に負けを強要し、一方的な暴力で怪我《けが》をさせたこともある。となれば、オレが止めるしかない」

「それは、いろいろな意味でひどい……」

「最終的に教師、生徒達で結託《けったく》して、騎士学校から追い出したんだ。その後、何をしているかは気にも留めていなかったが……」

あれあれあれ？　それっていわゆるクズ男。となれば——。

「明らかに無害とわかる隙だらけの令嬢が密売人とやり取りって、無理がありすぎる……。もしかしなくても婚約者を隠れ蓑《かくみの》にしたハシャイ……むぐっ」

バルディ様の大きな手が私の口をふさいだ。

「アリシャ嬢、ほんと、学習、しような？」

「むぐっ、むぐぐぅ（はい、わかっております）」

バルディ様はすぐに手を放してくれたが。

「あぁ、すまない」

親指で唇《くちびる》を象《かたど》るようにすっと撫《な》でられた。

「紅が乱れてしまった」

「バ、バルディ様⁉　なっ、ちょっ離《はな》れ」

「人に聞かれたくない話はこうして顔を寄せ、ささやくものだ」

ひ～っ、美形×色気×美声＝測定不可能数値で迫《せま》らないで～。

「アリシャ嬢は、セイシェル伯爵令嬢と接触《せっしょく》してみてくれ。危険がないようカリンをつける」

心臓バクバクの私をよそに、耳元でちゃっかり任務を押しつけられた。バルディ様、そういうところですよ！　腹黒ルディス様とさすがご兄弟ですね！

私はぷりぷりしながらバルディ様と距離を取り、会場内を見回した。エキストラ師匠《ししょう》……カリンさんが来ているの？　まったく気づかなかったし、今もどこにいるのかわからない。

「こら、キョロキョロしない」

「はぁい、すみません、隠密《おんみつ》ですもんね……。かしこまりました。気は進みませんが、お話を聞くぐらいはしてみます」

「助かる。終わったら、あのイチゴタルトの店で秋限定の栗《くり》タルトを販売《はんばい》するそうだから、また連れて行ってやる」

　秋限定の栗タルト、ですって？

「……家族の分もお土産《みやげ》につけてください。あとっ、私は最低二個は食べますからねっ」

「わかったわかった。ヒルヘイス子爵家全員分手配しよう」

　そんな私達のやり取りを見てルディス様が「ちょろいな」と笑い、バルディ様が「可愛《かわい》らしいでしょう」と自慢《じまん》げに言う。

「最近はオレの膝《ひざ》に座ってスイーツを食べ……」

「あああああのっ！　では、ちょっとお花を摘《つ》みに行ってきます」

　完全に手のひらの上で転がされている気がする……腹黒兄弟の会話に居たたまれなくなった私は、すぐさま行動に移ったのだった。

私が化粧室に行くと、案の定ターゲットの伯爵令嬢……ネモフィラ様もついて来て、ほんの少しの距離を空け、モジモジと私の様子を窺《うかが》っている。

背は私よりも高いが華奢《きゃしゃ》でとても痩《や》せている。化粧が薄《うす》いせいで目の下にくまがあることを隠せていない。う〜ん、弱そう……というか、危険な感じがまったくしない。

これまで対峙《たいじ》した元ジフロフ子爵夫人……タニア様やヴァイオレット様のほうが目つきが危《あや》うい感じがして怖《こわ》かった。

ネモフィラ様は、ようやく心を決めたのか私におずおずと近づいてきた。

「あの、私はセイシェル伯爵家のネモフィラと申します。お名前を伺《うかが》ってもよろしいでしょうか？」

「はい。私はヒルヘイス子爵家のアリシャと申します」

ネモフィラ様が、パァッと笑った。

「お、お話ししたいことがあるのです。少しお付き合いいただけますか？」

「構いませんが、ここでは、何か都合が悪いのでしょうか？」

立ち話で済むのなら、と思い聞いてみたが、ネモフィラ様は途端《とたん》に顔を曇《くも》らせる。

「……………そ、それならここでも大丈夫《だいじょうぶ》です、四時間くらいいただけるのでしたら」

「よ、四時間ですか？」

私はくわっと目を見開いた。五分、十分ではなく四時間って……。

「ダメでしょうか？」

「さすがに化粧室で四時間は……」

「そ、そうですよね。でしたらやはり移動をして……実はお話しする場所を用意しておいたのです。あの……、一緒に来てもらえますか？」

押しは強くないのになんとなく断りにくいご令嬢で、つい頷いてしまった。ネモフィラ様って不思議な空気をお持ちだわ。悪意は見えないし、ギラギラとした感じも全然ない。

仕方なく一緒に化粧室を出て、パーティー会場内にある休憩室のひとつに入った。椅子《いす》が四つとテーブルがひとつの小さな部屋だ。ラウフィーク侯爵家の休憩室に比べるとぐっと簡素で機能的。学園の施設《しせつ》だから当たり前か。

奥の椅子をすすめられたので促《うなが》されるまま座ると、ネモフィラ様は入り口近くの椅子に座った。

「あ、あのですね、アリシャ様には大変申し訳ないのですが……パーティーが終わるまでここにいてほしいのです」

「え、嫌です、会場に戻《もど》ります」

ほいほいついてきた私も私だけど、はいそうですか、と事情も知らずバカ正直に待つわけがない。サクッと断って帰ろうとしたら、涙目《なみだめ》で止められた。

「お、お願いします。あの、頼まれているのです」

「誰《だれ》に、何を、ですか？」

「…………い、言えません」

「では戻りま……」

「ま、待ってください。言います、ハシャイ侯爵家のアンガスタ様ですっ」

早っ。自供が早すぎる。その時、休憩室のドアが音もなく開き、するっとカリンさん、そしてバルディ様とルディス様が入ってきた。が、ネモフィラ様は自分のことでいっぱいいっぱいのようで背後の彼らにまったく気がついていない。

「ネモフィラ様は、何故、アンガスタ様がそのようなことを頼んだのだと思いますか？」

「たぶん……、バルディ様を困らせたいのではないかと」

「なるほど。では、そうする理由に心当たりはありますか？」

「……………アンガスタ様は騎士学校時代、バルディ様に卑怯《ひきょう》な手で負かされた挙げ句、学校を辞《や》めざるを得ない状況《じょうきょう》に追い込まれたと言っておりました」

うん、立派な逆恨《さかうら》みですね。そして婚約者には自分を正当化して嘘《うそ》の情報を伝えていると。時々いるよね、そういった都合良く事実をねじ曲げる人。

「ネモフィラ様はその話を信じているのですか？」

ものすごく戸惑《とまど》っていた。うーん……ネモフィラ様としても思うところはあれど、それを他人の私に言っていいのか悩《なや》んでいるのかな？　婚約者を裏切ることになるものね。

「その、私、ハシャイ侯爵様にも頼まれてて……」

「え？　まさか息子《むすこ》の悪事に加担しろと頼まれたのですか？」

ネモフィラ様はそんな、とでも言うように慌《あわ》てて首を横に振った。

「ち、違います。婚約を結んだ時に息子を頼むと……、その後も何度か」

言いながら、ネモフィラ様は右手で頭を押さえるとガタガタと震《ふる》え始めた。

「お、おかしいのです……。強く言われてしまうとアンガスタ様には逆らえなくて……、だけど、婚約した以上、従うしかなくて……」

婚約者とその父親に圧力をかけられ、自分の思考がままならなくなるこの状況は――見たことがある。

「胸《むな》クソDVモラハラ野郎《やろう》、まんまじゃない。最悪」

小さくつぶやいたので聞こえなかったのか、ネモフィラ様がきょとんとした顔で首を傾げた。

「ネモフィラ様は……アンガスタ様をお好きなわけではないのですね？」

ネモフィラ様は戸惑いつつもコクリと頷いた。

「結婚は家同士のものですから……逆らえばお父様に迷惑《めいわく》をかけてしまいます。私が我慢《がまん》すれば……。アンガスタ様も私が逆らわなければ、殴《なぐ》ったりしませんし……」

「はい、一発アウトーッ！」

思わず叫《さけ》んでしまった。

「何、女の子を殴っているの？　そいつ、クソじゃない、ゴミじゃない、クズじゃないっ。ダメよネモフィラ様、諦《あきら》めちゃ。まず、セイシェル伯爵様に相談をして。それでネモフィラ様に『我慢しろ』って言うような父親なら、家出してうちに来ればいいわ」

「あ、あの、でも……、アンガスタ様もたまに優《やさ》しい時があり……」

「はい、それもアウトーッ！　優しいところがある、殴った後は謝ってくれる、それ、全部、見せかけだけのものだから。本当に優しい人は最初から殴ったりしません！」

「でも、私はグズで頭も悪くて何もできないから……」

「トリプルアウトーッ！」

彼女のおどおどとした自己肯定感《じここうていかん》の低さは、アンガスタ様が植えつけたものだろう。

「あのですね、ネモフィラ様」

私は彼女に近づき、がしっとその肩に手を置いた。

「百歩譲《ゆず》って、ネモフィラ様がおっとりしたマイペースな令嬢であったとしても、それ、殴っていい理由になりませんから。家族だろうと婚約者だろうと、殴ってはいけません。ましてや女性に手をあげるなんて、クズのやることです。ねっ、バルディ様」

ネモフィラ様が驚《おどろ》いたように後ろを振り返った。いつの間にか登場した二人（カリンさんはいつの間にか消えていた）を目にして固まっている。

「ルディス様、何か策はないのですか？　ネモフィラ様があまりに気の毒です」

「そうだな……、なくもない」

「さすが腹黒策士！」

「アリシャ嬢、心の声が出てる」

バルディ様に言われて、ぴゃっと手で口を押さえる。一方、ルディス様は聞き流してくれたのかそもそも聞いていないのか、おもむろにネモフィラ様の前で紳士的《しんしてき》に膝をついた。

あらあらあら。ルディス様のこんな姿を見るのは、初めてなのですが……。

「君に確認《かくにん》したいことがある。ネモフィラ嬢は、一部の人間しか手に入らないという紅茶……『チャームティー』を購入《こうにゅう》しているか？」

ネモフィラ様は首を横に振った。

「いいえ。ただ、アンガスタ様が特別なお茶だからとすすめてくださったものをいただく機会はありました。とても高価なお茶で、飲むと頭がすっきりとして元気になると言われたのですが、私の体質には合わないようで……飲んだ後に寝込《ねこ》むこともありました」

「やっぱりあのクズが本星か」

ルディス様が目つき鋭《するど》くボソッとつぶやいた。

ネモフィラ様が目を丸くしてルディス様を見ている。大丈夫ですよネモフィラ様。ルディス様は貴女《あなた》に言ったわけではございませんからね。

ルディス様はたちまちネモフィラ様を安心させる笑顔《えがお》を向ける。変わり身の早さはさすが胡散臭男《うさんくさお》だ。

「ネモフィラ嬢は、家に迷惑がかからなければ、アンガスタとの婚約破棄《こんやくはき》を望むか？」

ネモフィラ様はハッとした後、うるうる瞳に涙《なみだ》をためて、ゆっくり頷いた。

「……………何を言っても、何をしても怒鳴《どな》られるのは……怖い……」

「それは確かにつらいな。ではアンガスタをこの世から消してしまいたいか？」

ネモフィラ様はビックリした顔でルディス様を見つめ、首を横に振った。

「そんな恐《おそ》ろしいことは、考えたこともありません」

「そうか。ネモフィラ嬢は素直《すなお》で優しい人だな。だから悪い奴《やつ》に付け込まれる」

「悪い奴……それは、誰のことですか？」

ルディス様は一瞬《いっしゅん》痛ましそうにネモフィラ様を見た後、それには答えず、ネモフィラ様の手を取って立ち上がるように促した。

「私はネモフィラ嬢を連れてセイシエル伯爵家に行ってくる」

そう言うと、事情がまったく呑《の》み込《こ》めていないネモフィラ様を連れて、あっという間に休憩室を出て行ってしまった。

「ええと、このままルディス様に任せておいて大丈夫ですよね？」

私が問うと、バルディ様も頷いてくれた。

「兄上のことだ。うまくやるだろう」

「アンガスタ様はどうなりますか？」

「兄上のことだ。奴が表舞台《おもてぶたい》に出てくることはもうないだろうな」

うわぁ……ルディス様への信頼半端《しんらいはんぱ》ない。主に黒い方面での。そんな感じはしていたけど、やっぱりそっかぁ。ルディス様、絶対敵に回したらダメな男。

バルディ様に「会場に戻ろう」と言われて頷く。それにしても、アンガスタ様は私を休憩室に軟禁《なんきん》してどうしたかったのだろうか。

そうバルディ様に聞くと、ものすごく嫌そうに顔をしかめた。

「考えたくもないが、ひとつしかないだろう」

「え、まさか……？」

ヴァイオレット様がサントマリー男爵《だんしゃく》に命じていたというアレを？　いやいやいや、この世界の嫌がらせ、ワンパターンすぎませんか？

「君に何かがあれば、間違《まちが》いなくオレにダメージが入るからな」

「でも、その前に守ってくださるんですよね？」

「当たり前だ。そんな計画を立てただけで万死《ばんし》に値《あたい》する」

そうしてバルディ様はさらに低い声で「あいつは絶対に牢屋《ろうや》にぶち込む」とつぶやいた。

その日の卒業パーティーで、誰よりも話題をさらったのは卒業生ではなく――在校生の一人、ネモフィラ・セイシェル伯爵令嬢と、彼女をエスコートして現れたルディス・ファイユーム公爵令息《れいそく》だった。

私とバルディ様は、うわぁ……という生ぬるい目で二人の登場を見守る。

「オレの記憶違《きおくちが》いでなければネモフィラ嬢はもっと地味なドレスを着ていたと思うのだが」

「奇遇《きぐう》ですね。私の記憶でもそうです」

今のネモフィラ様は紺色のドレスに薄紫《うすむらさき》のレース、アクセサリーも品の良いもので揃《そろ》えられていた。髪も華《はな》やかに結《ゆ》われて紫木蓮《むらさきもくれん》の生花が飾《かざ》られている。

ネモフィラ様は「ずっと状況が理解できていない」という困惑顔《こんわくがお》だが、ルディス様は大っ変機嫌《きげん》が良さそうだった。自身もネモフィラ様の瞳の色……、瑠璃色のハンカチを胸ポケットにさしている。

ネモフィラ様は、慎《つつ》ましく可愛らしく、胸クソDVモラハラ婚約者を悪人とも思わない大変素直な女性ですものね。腹黒お兄様の対極にいるようなおっとりほんわか癒《い》やし系で、正反対だからこそ惹《ひ》かれるものがあったのかもしれない。

「でも、ネモフィラ様には婚約者がいるのに……、いいのかな?」

私のつぶやきが聞こえたのか、バルディ様が「根回しは終わっているのだろう」と答える。

「え……早すぎないですか？」

「兄上が根回しもせずに公《おおやけ》の場で女性をエスコートすると思うか？」

「…………思いませんね」

「なら、もう決定事項《じこう》ってことだ」

「えーっと、ネモフィラ様におめでとうと言えばいいのか、ご愁傷様《しゅうしょうさま》と言えばいいのか」

「なんだ、祝福してくれないのか？」

いきなり聞こえてきたルディス様の声に、私は文字通り飛び上がり、バルディ様の腕《うで》に抱《だ》き着《つ》いてしまった。

「い、いつの間に……」

「いずれ姉妹《しまい》になるのだから、真っ先に挨拶をしようと思って連れてきた」

「ソウデスカ……」

「いや～、まさかここで運命の出会いを果たすとは」

今確信した。アナタ、ネモフィラ様のこと、絶対以前から知っていましたよね？　ルディス様の情報網《じょうほうもう》なら、おそらくモラハラ婚約者のことも……で、実際お会いしてみたら、可愛らしい天然ちゃんだったから、なんかいろいろ我慢できなくなっちゃったんですね。

バルディ様以上の素早《すばや》い囲い込みっぷりに、私、全力で引いてます。

「あの、何がなんだかよくわかっていないのですが……、何故、私はドレスを着替《きが》える必要があったのでしょうか？」

ネモフィラ様、突《つ》っ込《こ》むところそこから？

「自宅に戻ったと思ったら、何故か公爵家から派遣《はけん》されたというメイドの方達と我が家のメイドに囲まれて、気がついたらまた会場に戻ってきておりましたの」

ルディス様ってば恐ろしいほどの手際《てぎわ》の良さだ。

「心配ないよ。ネモフィラ嬢が着替えている間にハシャイ侯爵を呼んで、セイシェル伯爵と三人で話して、ネモフィラ嬢とアンガスタの婚約は解消しておいたから」

「アンガスタ様と私の、婚約を解消……」

「もしかして、彼と結婚したかった？」

「………いえ、そうするしかないのだと、諦めておりました」

「あぁ……、君は、今までもいろいろと抑《おさ》えて諦めていたことが多そうだな。私はその辺り、全部聞かせてほしいしあまえてほしいほうだから、やりたいことがあれば何でも私に話して。公爵夫人になるとあれこれ制約もあるが、君にはそのままでいてほしい」

「公爵……夫人………、はい？」

「婚約の承諾《しょうだく》はもうもらったから、すぐにでも結婚の準備に入ろう」

「え？」

二人の会話、まったく噛《か》み合《あ》ってませんけど？　もはや蜘蛛《くも》の糸にかかった可憐《かれん》な蝶《ちょう》……という感じだ。だけどネモフィラ様、前の婚約者よりは、幸せになれると思います——たぶん。うん、きっと大丈夫……なはず。

二人を生温かく見守っていたところに、怒《いか》りの形相で男——アンガスタ様が乗り込んできた。あぁ、私をキズモノにする計画失敗の報を受けて駆《か》けつけたってところでしょうか。ことあろうに、彼は衆目の集まる前でネモフィラ様を怒鳴りつける。

「おまえのヘマを聞いてわざわざ来てみればなんだその恰好《かっこう》は！　俺以上に目立つなといつも言っているだろう。言われたこともできず、本当にグズでのろまだな！」

ネモフィラ様がビクッと自身を守るように頭を抱《かか》えた。私はとっさにネモフィラ様をかばって言い返す。

「このような場で、見苦しい真似《まね》はおやめください！」

しかしアンガスタ様は「それがどうした」と開き直る。

「おまえ……そうか、バルディのっ」

勢いのままアンガスタ様はバルディ様に向けて怒鳴り散らす。

「さすがおまえの婚約者だな。この俺に生意気な口をききやがって！」

バルディ様が私を守るように前に出た。

「相変わらずのようだな、アンガスタ。アリシャ嬢を侮辱《ぶじょく》することは許さん」

ごく普通《ふつう》のトーンで話しているのに迫力《はくりょく》がまるで違う。アンガスタ様が気圧《けお》されたように一歩後退《あとずさ》った。が、身体《からだ》は逃《に》げていても口はまだ元気なようだ。

「う、うるさいっ。部外者が口を出すな。俺は俺の婚約者を躾《しつ》けているだけだ！」

「誰が、誰の婚約者だって？」

地を這《は》うような声がその場を支配した。腹黒策士であるルディス様が絶対零度《れいど》のまなざしでアンガスタ様を睥睨《へいげい》している。

「君の婚約はハシャイ侯爵とセイシェル伯爵公認《こうにん》のもと、破断になったよ。そして、ネモフィラ嬢の正式な婚約者は、ここにいる私、ルディス・ファイユームだ」

ルディス様がにっこり笑って邪魔者《じゃまもの》を追《お》い払《はら》うように手を振る。

「私の婚約者に、今後二度と、近づかないでいただこう。次にネモフィラ嬢の前に現れた時は……、わかるよね？」

アンガスタ様はルディス様の氷の微笑《びしょう》に恐怖《きょうふ》で思考が停止したのか、まろぶようにその場から逃げて行った。

だからといってやらかしたことが清算されたわけではない。その日のうちにアンガスタ様が権力に物を言わせて弱い立場の人達を従わせ、犯罪まがいの行為《こうい》に手を染めていた事実が暴かれ、その場で拘束《こうそく》された。

女性に対しては強気な態度を崩《くず》さなかったアンガスタ様だが、騎士団の取調室に放り込まれると饒舌《じょうぜつ》になり……あっさりと自供したそうだ。

「ミリアン商会は、次期侯爵となる俺が最も広告塔《こうこくとう》に適していると『チャームティー』を預けたのさ。俺は商会と組んで、この茶葉にふさわしい貴族達に売りつけてやった。この紅茶にやみつきになれば、いくらでも金を払う太客《ふときゃく》になるからな。みんな人が変わったように、本能に忠実に、自分らしく生きていただろう？」

　これまで茶葉の飲用を確認できたのは、元子爵夫人とその甥《おい》。Wストーカー行為をしていた侯爵令嬢と男爵。そしておそらく、十二枚舌の能力を買われ、密売人となった平民の青年。確かに皆、人としてのトリガーをなくしたようだった。

「人間の弱い部分に付け込んで、自分らしく――なんて、どの口がという話だ」

「一刻の猶予《ゆうよ》も許さん。バルディ、ミリアン商会を叩《たた》くぞ」

　バルディ様とルディス様の目が、完全に獲物《えもの》を捕獲するもののそれ、になっている。ミリアン商会で証拠を押《おさ》えるべく、また関係者を捕縛《ほばく》するために、一斉摘発《いっせいてきはつ》の準備がなされた。


「いや、私、いらないですよね？」

ミリアン商会が保有する隠し倉庫の前で何故かバルディ様に抱えられているのだが、荷物のような気軽さで運ばないでほしい。

「そんなことはない。アリシャ嬢が必要となる場面があるかもしれない」

あるかなぁ……と私は疑いの面持《おもも》ちで目の前にある大きな建物を眺《なが》めた。

場所は王都の一角にある倉庫街。商業施設と城壁《じょうへき》に挟《はさ》まれた場所で、大きな建物が並んでいるが人は少ない。今は通行規制を敷《し》いてミリアン商会が保有する建物の前に騎士団や政府関係者が集まっていた。

ルディス様が年配の男性達……おそらく衛兵隊の部隊長さん達に指示を出している。

通行規制や周辺の警戒は衛兵隊の担当で、建物へ突入《とつにゅう》するのは今回のために各騎士団から集められた精鋭《せいえい》部隊の担当となる。すでに二十人近くが建物周辺で待機していた。黒の隊服《ふく》の方も何人かいる。

ルディス様を含めて八人いる文官は刑事《けいじ》ドラマでいう捜査本部、ってやつだろうか。事件は現場で起きているとしても、記録や連絡係《れんらくがかり》は必要だものね。大きな天幕から何人も忙しそうに出入りしていた。

準備が整ったようで、ルディス様が軽く手をあげて合図をすると——騎士達が建物の中へと突入していく。

とても……地味だ。派手なアクションや爆発《ばくはつ》なんてものもなく、淡々《たんたん》と遂行《すいこう》している感じ。確かに容疑者に逃げられたら困るものね。「突入！」なんてわざわざ言わないか。

ミリアン商会の従業員だろうか、倉庫にいた人達が捕縛され、荷物も次々と運び出された。前世のニュースで見た「家宅捜索《かたくそうさく》」と似ている。一時間ほどで動きが止まると、ルディス様がバルディ様のもとへやって来た。

「同時刻に商会本店に突入した別部隊から連絡が入ったが、商会長がまだ捕《つか》まっていないようだ。それと……倉庫から押収《おうしゅう》した『チャームティー』が我々の調べよりも少ない」

ははあん。これは商会長が『チャームティー』を持って逃げ出したパターンですね。貴族のボンボンを唆《そそのか》して金儲《かねもう》けするような人だもの。そういう人種って何故か危機察知能力と逃げ足だけは早いのよね。許せない。

「ということで、バルディとアリシャ嬢も建物内部の捜索に加わってくれ。アリシャ嬢なら隠し場所に気づけるかもしれない」

「わかりました！」

「お断りします」

私とバルディ様が同時に答えていた。ええ……珍《めずら》しくやる気出したのに。バルディ様、どういう風《ふ》の吹き回《まわ》し？

「兄上、建物の中が安全だとわかるまでは、アリシャ嬢にはここにいてもらいます」

不思議に思っている私にバルディ様が言う。

「ああいった建物の中には予想外の敵が隠れていることも多い。アリシャ嬢は安全が確保されるまで兄上の側から離《はな》れないように」

「バルディ様……本当によろしいのですか？」

「当然だ。アリシャ嬢を危険にさらすわけにはいかない」

バルディ様は私の頰《ほお》に手を添《そ》えて額にキスをすると、一人建物の中へと向かっていった。

わざわざここまで連れてきておいて？　とか、実際役に立たないだろうな、とかは思うけど。でも、前世の知識で何か気づくことがあるかもしれないじゃない。

平凡令嬢《へいぼんれいじょう》として事件現場に飛び込むのは不正解だってわかってる。今までだって巻き込まれたくなかったし、私は通行人で傍観者《ぼうかんしゃ》で無関係なただのモブ。動かしようのない事実でそんなことはわかってる。わかっているけど、それ以上にバルディ様が心配で……。

「ああいうところが弟なんだ。真っすぐでかっこいい奴だろ？」

いつもは腹黒のくせに……こういう時だけ素敵《すてき》なお兄さんぶらないでください。なんかちょっと、泣きそうです。

何とも言えず、落ち着かない気持ちで待っていると、突然《とつぜん》、大きな音が響《ひび》いた。ルディス様が近くにいた衛兵に急ぎ指示を出す。

「すぐに確認をしろ」

立て続けに大きな音が聞こえてくる。

この展開――見たことある。ドラマのクライマックスでお馴染《なじ》みの名場面だ。だけど、今世でも起きるだなんて思わなかった。

「アリシャ嬢⁉　待て……」

音の正体に気づいた瞬間、私は飛び出していた。

ルディス様から伸《の》ばされた手をかわして建物に入ると、階段から第五騎士団副隊長さんが怪我人《けがにん》を担《かつ》いで降りてきた。

「アリシャ嬢⁉　ここは危険だ。商会長が危ない武器を持って中に立てこもっている」

「バルディ様はどこですか？」

「二階に留《とど》まっている。怪我人が出ちまったからな……、ておい、アリシャ嬢⁉」

一目散に二階へと駆け上がりバルディ様を探した。商会長が持っているという武器が前世の知識通りのものだとすれば――バルディ様が危ない。

「バルディ様、建物内は危険です！　すぐに全員、撤退《てったい》して……きゃっ」

嘘でしょ？　今ここで――⁉　まんまと私は、背後から男に捕まってしまった。

「運がいい。人質《ひとじち》におあつらえ向きの女が飛び込んでくるとはな」

あぁあああぁあっ、やってしまったぁ。復活の人質B……。この役だけは二度とやりたくなかったのに。しかも私を捕まえたこの人、予想通りの物《ブツ》を持っている。

随分《ずいぶん》と古臭《ふるくさ》い型に見えるけど――『銃《じゅう》』で間違いない。

「来いっ」

銃口《じゅうこう》を突きつけられて従うしかなかった。男は倉庫の一室に入る。穀物庫のようだ。

「アリシャ！」

背後から聞こえてきた声に心の底からホッとした。

「バルディ様！」

思わず拘束から逃《のが》れようともがいた弾《はず》みで棚《たな》にぶつかり、包みが床《ゆか》に落ちた。ぶわっと白い粉が広がる。

「うぷっ。この女っ、暴れるな、殺されたいのかっ！」

「やめろ！　おまえはミリアン商会の商会長だな。建物は包囲されている。観念して彼女を離せ！」

「私はこれまで成功を収めてきたんだ。こんなところで捕まる男ではない！」

商会長は私を引きずりながら移動する。そのせいで、さらに荷物が床に落ちた。

「小麦粉か……ちょうどいい煙幕《えんまく》になるな」

商会長のつぶやきを聞いて、私はバルディ様を見る。

視線が合った瞬間、ちらりと窓に目配せして、頷いた。

バルディ様も、頷く。

すると、目にも留まらぬ速さでバルディ様が近くにあった小麦粉の袋《ふくろ》を掴んで商会長の顔めがけてぶん投げた。

背が低くて良かった～。もちろん私には当たらず、拘束が緩《ゆる》んだ隙《すき》にするりと抜《ぬ》け出《だ》す。

「くそっ！」

「アリシャ！」

「バルディ様、小麦粉で煙幕、作ってください！」

私は先ほどちらりと施錠《せじょう》を確認した窓を開ける。

室内、小麦粉……そして商会長の持つ銃が古い型ならば——火花が出るはず。

振り返ると室内は真っ白で、バルディ様がすぐさま側に来た。やっぱり来てくれた。

「君はまた無茶を」

「バルディ様、時間がありません。ここから飛び降り……」

「くそっ、見えなくてもなぁ、この武器は関係ねぇんだよ！」

バルディ様がとっさに私を抱えて窓から飛び出した瞬間、銃声《じゅうせい》……だけでなく、耳が割れそうな爆発音が響いた。


意識が少し飛んでいた。

ぐわんぐわんと耳鳴りがしている……。ここ……、どこ……？　黒い隊服が見えて、慌てて体を起こす。私はバルディ様を下敷《したじ》きにして寝ていた。そうだ、二階から飛び降りたのだ。

「バルディ様、大丈夫ですか？」

バルディ様に声をかける。バルディ様は苦しそうに呻《うめ》くだけ。

どうしよう……銃を持った商会長から逃げるためとはいえかなりの無茶をしてしまった。

いくら頑丈《がんじょう》なバルディ様でも、あの高さから私を抱えて飛び降りて無事なはずがない。

「バルディ様、バルディ様……っ」

「……アリ……シャ……無事、か？」

「はい！　私は怪我もありません。バルディ様が、守ってくれたから……」

「良かった……アリシャ……無事なら……」

「だ、ダメですっ。しっかりしてください。そんな弱々しい声、バルディ様らしくありません！」

大きな手が私の頬に添えられる。

「君の……花嫁姿《はなよめすがた》、見たかった………」

今にも消え入りそうな声で、優しくほほ笑みながら言って……バルディ様が目を閉じた。

やだ、嘘、嘘、嘘、そんなはずないっ。

「バルディ様、ダメ！　起きて！　見ればいいじゃないですかっ」

私はバルディ様の頬に手を当て、必死に言《い》い募《つの》る。涙があふれて止まらない。すると微《かす》かにバルディ様の口が震えた。

「見られる……かな……」

「見られますっ、絶対に見せますっ！」

「だが……、まだ仮婚約で……」

「婚約しますっ！」

堪らず、そう叫んでいた。

「バルディ様の婚約者になりますっ。結婚もしますっ。だから、生きて……」

「そうか、ありがとう」

バルディ様はひょいっと起き上がると「う〜ん」と伸びをしてから私を両腕で抱え上げた。

「やっと正式な手続きに入れるな。となると結婚はアリシャ嬢が学園を卒業してすぐが妥《だ》当《とう》か。やることが多いと思うが二年もあれば十分だ」

「…………バルディ様？」

「花嫁姿を見せてくれるのだろう？　世界一可愛らしい花嫁になるだろうな」

「…………まさか、演技？」

「いや、地面に落ちた時は衝撃《しょうげき》で息が詰《つ》まっていた。さすがに死ぬかと思ったが、オレは鍛《きた》えているからな。筋肉が鎧《よろい》となったようだ」

「バカぁぁぁぁぁぁバルディ様の大嘘つき、意地悪、悪趣味《あくしゅみ》、最低――ッ」

私は気が抜けた反動で、バルディ様に罵詈雑言《ばりぞうごん》を浴びせつつ、泣きながらしがみついてしまった。

バルディ様がよしよし……と私の頭を撫でる。

「今だけは、死にそうになったオレにほだされたことにしてくれ」

騙《だま》された……とは思うけれど、心のどこかではもう、わかっている。だって他にいないもの。

命がけで私を守ってくれる人なんて、きっとバルディ様しかいない。

「で、おまえ達は中で何をやらかしたんだ？　何故二階が半壊《はんかい》している」

突如《とつじょ》、地を這うような低い声が聞こえてきた。振り向くとルディス様が怖い顔をしている。

「えーっと……」

バルディ様が代わりに状況を説明してくれた。

「商会長が例の『武器』を持っていました。『チャームティー』同様、密輸品でしょう」

「なるほど……噂《うわさ》に聞いていたあの『武器』か。で、最後の爆発はなんだ？」

バルディ様もそれはわからなかったのか首を傾げたため、今度は私がアクション映画で得た知識によって説明をする。

「粉塵爆発《ふんじんばくはつ》です。閉ざされた空間内に可燃性の粉を撒《ま》いた状態で火をつけると、爆発を起こす——というものです」

「それはどのような原理ですか？」

突然、にゅっと近くに長髪《ちょうはつ》丸眼鏡の男性が現れた。

「可燃性の粉とはなんですか？　部屋の広さは？　粉の量は？　着火するタイミングと、爆発した場合の被害《ひがい》は……」

私はバルディ様と目を合わせ、頷き合って笑った。やっぱりいたわ。眼鏡のマッドサイエンティスト。

「オレ達は一旦《いったん》、救護テントに行く。おまえは現場検証に来たんだろ。早く副隊長のところへ行けっ。兄上、詳《くわ》しい話は後で」

私をお姫様《ひめさま》抱っこし、そのまま走り出したバルディ様に、振り落とされないようしっかりと抱き着いたのだった。


バルディ様と二人、平民街の広場で屋台グルメを物色しながら事件の顛末《てんまつ》を話す。

「これで薬物事件は解決ですか？」

「あぁ、大破した倉庫から無事証拠品も見つかっている」

怪我の功名とでもいうのか、爆発したことで床や壁《かべ》が破損して、隠されていた中二階が見つかったという。おかげで粉塵爆発の件はそこまで怒《おこ》られずに済んだ。

そこには「チャームティー」だけでなく、密輸品の武器も隠されていた。それらはすべて騎士団で押収し、厳重に管理されるとのこと。

「ミリアン商会の会長は、金を儲《もう》けることに取りつかれていて、『チャームティー』が中毒性を持つ効果を発揮することから、貴族間で高く売りさばくようになった。ただ、体に合わない人もいたようだ。頭痛や吐《は》き気《け》に見舞《みま》われたり、手足がしびれて動けなくなることもあるらしい。ネモフィラ嬢やジフロフ子爵なんかがそうだ」

「なるほど……あれ？　そういえば私、イリス様の家で紅茶をいただいた時……」

いや、あれはあくまでも、初めての事件後で体調が悪かっただけだ。これ以上考えてはいけない。そう、私は庶民《しょみん》の味を愛する安舌令嬢。高級な紅茶の味はわかりません！

「つまらない話はここでやめにして、今日は好きなものを好きなだけ食べるぞ」

バルディ様が空気を変えるように串《くし》焼《や》きを買ってくれたのでベンチに移動して食べる。

「ん～、お行儀《ぎょうぎ》が悪いけど美味しい～」

「熱々を食べるとより美味《うま》いな」

「ですよね」

かぷっとお肉にかぶりつくと。

「ところでオレ達の婚約の話なんだが……」

バルディ様を見れば、もうお肉を食べ終わっていた。相変わらず早すぎる。

「オレのことを、どうしても好きになれないか？」

私は串焼きの続きをもぐもぐと食べてから答えた。

「そーゆー話は串焼きではなく、せめて可愛いスイーツを食べている時にお願いします」

「わかった、可愛いスイーツだな。あとは何だ？」

「浮気《うわき》は絶対に許しません」

「そんな愚《おろ》かな真似はしない」

「ストーカー行為、及《およ》び暴力を振るった時点で即《そく》お別れです」

「唾棄《だき》すべき行為だ。絶対にしないと誓《ちか》う」

「ずっと……元気に私を守ってほしいです。怪我も……心配です」

「ああ。任せろ。鍛錬《たんれん》を続けて、今よりもっと強くなる」

バルディ様が私の顔を覗《のぞ》き込《こ》んで、笑って指先で唇の端《はし》をぬぐった。むむ、ソースがついていたようだ。そのままバルディ様は、愛おしむように私の頬を両手で包み込む。

「正式に婚約をしたら、結婚の時期も決めないとな」

「それは……」

距離がぐっと近づいた。バルディ様は唇の形まで綺麗《きれい》だな……などとぼんやり思いながら、あらがえずにその唇に吸い寄せられていく。

「バルディ、アリシャ嬢！」

大きな声で呼ばれてハッと我に返り慌てて立ち上がると、副隊長さんが走ってくるのが見えた。横ではバルディ様が膝から崩れ落ちている。

「非番のところ悪い、辺境伯領《へんきょうはくりょう》から応援要請《おうえんようせい》が届いた」

空気の読めない副隊長さんが、「バルディどうした？」と声をかけると、恨《うら》みがましそうな目で立ち上がったバルディ様がひょいと私を抱え上げた。

「アリシャ嬢、行くぞ」

「お断りします！」

私は俵かつぎされたままじたばたするも、バルディ様は動じず副隊長さんと並んで走り出す。

「緊急《きんきゅう》案件ですか？」

「あぁ、すでに被害者が十人近く出ている連続殺人事件だ。至急、現地に向かおう」

連続殺人……って、あの連続殺人？　無理無理無理無理、絶対に危ない犯人がいるじゃない。

「バルディ様、私は家に……」

「こういった事件こそ、アリシャ嬢の出番だろう」

「違います、無理です、怖いです」

「心配しなくてもオレが元気に守ってやる」

「うわ〜んっ、私の言質《げんち》、取らないでくださいっ！」

パシパシとバルディ様の背中を叩いて止めようとしたけど。

「そんなことをしても可愛いだけだぞ。大丈夫、今までだってアリシャ嬢が持つ知識と機転で事件を解決してきたんだ」

いやいやいやいや、今までだってテキトーというか、なんちゃってというか……。

「前世の記憶が役立つとは思えません！」

私の魂《たましい》の叫びは秋空に消え、ごく普通のモブ令嬢生活にはまだまだ戻れそうもなかった。

終

あとがき

はじめまして、幸智《さいち》ボウロと申します。この度《たび》は本書をお手にとっていただき誠《まこと》にありがとうございます。

本書はWEB公開した小説に加筆修正をしております。WEB公開時も含《ふく》め、読んでくださった皆様《みなさま》、ありがとうございます。皆様のおかげで本になりました。

挿絵《さしえ》を引き受けてくださったれんた様、素敵《すてき》なイラストをありがとうございます。愛にあふれた担当編集様、編集部の皆様、出版に携《たずさ》わってくださった皆様、厚くお礼申し上げます。

エピソードを端的《たんてき》に書くと殺人、ストーカー、詐欺《さぎ》……とまったく笑えませんが、本書はラブコメです。読んで笑って元気になってもらえるよう今後も精進《しょうじん》したいと思います。

またどこかでお会いできますように。

幸智ボウロ

■ご意見、ご感想をお寄せください。
《ファンレターの宛先》
〒102-8177 東京都千代田区富士見 2-13-3
株式会社KADOKAWA ビーズログ文庫編集部
幸智ボウロ 先生・れんた 先生

ビーズログ文庫

●お問い合わせ
https://www.kadokawa.co.jp/（「お問い合わせ」へお進みください）
※内容によっては、お答えできない場合があります。
※サポートは日本国内のみとさせていただきます。
※Japanese text only

前《ぜん》世《せ》の記《き》憶《おく》が役《やく》立《だ》つとは思《おも》えません！

～事《じ》件《けん》と溺《でき》愛《あい》は謹《つつし》んでご辞《じ》退《たい》申《もう》し上《あ》げます～

幸《さい》智《ち》ボウロ

2024年 9 月15日 初版発行

発行者　山下直久
発行　株式会社 KADOKAWA
〒102-8177 東京都千代田区富士見 2-13-3
（ナビダイヤル）0570-002-301
デザイン　永野友紀子
印刷所　TOPPANクロレ株式会社
製本所　TOPPANクロレ株式会社

■本書の無断複製（コピー、スキャン、デジタル化等）並びに無断複製物の譲渡および配信は、著作権法上での例外を除き禁じられています。また、本書を代行業者等の第三者に依頼して複製する行為は、たとえ個人や家庭内での利用であっても一切認められておりません。

■本書におけるサービスのご利用、プレゼントのご応募等に関連してお客様からご提供いただいた個人情報につきましては、弊社のプライバシーポリシー（URL:https://www.kadokawa.co.jp/）の定めるところにより、取り扱わせていただきます。

ISBN978-4-04-738085-1 C0193
©Bouro Saichi 2024 Printed in Japan

定価はカバーに表示してあります。

◇◇◇